心を軽やかにする

小林一茶 名句百選

齋藤 孝

致知出版社

こんな生涯を辿った人がいた——。

年	年齢	出来事
1763年	1歳	信濃国に生まれる
1765年	3歳	母死去
1770年	8歳	継母が来る
1772年	10歳	異母弟が誕生し、継子いじめが始まる
1776年	14歳	家庭内で唯一の理解者だった祖母死去。継母との対立が激化
1777年	15歳	江戸へ奉公に出される（当時長男としては異例）
1801年	39歳	帰郷するも、父病死。父の遺言による遺産分配を巡り、継母や弟との激しい対立・抗争が始まる
1808年	46歳	遺産分割協議、いったんまとまるも決裂

※年齢は数え年

年	歳	
1809年	47歳	遺産分割協議を一から再開するも決裂
1810年	48歳	遺産分割協議のため帰郷するも決裂
1813年	51歳	十三年間に及ぶ遺産分割協議争いが決着
1814年	52歳	借家から生家へ移り、結婚
1816年	54歳	長男誕生するも翌月に死去
1819年	57歳	長女死去
1821年	59歳	次男死去
1823年	61歳	妻死去。三男死去。天涯孤独の身の上となる
1824年	62歳	再婚するも、すぐに離婚。二年後に再々婚
1827年	65歳	大火で母屋焼失、土蔵暮らしに。死去（翌年娘誕生）

まえがき

俳諧の大巨匠

　私は子どもの頃から小林一茶の俳句（江戸時代の呼称は俳諧《はいかい》）が好きでした。「やれ打《うつ》な　蠅《はえ》が手をすり　足をする」や「痩蛙《やせがえる》　まけるな一茶　是《これ》に有《あり》」など、すぐに覚えてしまった句がたくさんあります。子どもにとって「覚えられる！」ということが楽しいのです。短歌であれば石川啄木《たくぼく》がそうでした。俳句でも短歌でも、一句（一首）でも後世に残るのは大変な偉業です。三句も残れば巨匠と呼んでもいいくらいです。その意味では、一茶は大巨匠と言っていいでしょう。

　それほどの人なのに一茶の俳句はいい具合に力が抜けていて、それが人気の秘密でもあります。また、子ども、雀《すずめ》、蛙、蛍など、小さいものへ向ける温かな視線が読む人の共感を呼びます。半面、一茶の句には深い人生観が反映されています。そのため、気楽に入れるのに、ときにハッと気づかされる鋭い角度を持っています。たとえば「是がまあ　つひの栖《すみか》か　雪五尺」という句がありますが、「つひの栖（終の棲家)」という言葉を使ってこんなにもうまい俳句が作れるのかと感心してしまいます。

『一茶全集』には、一つひとつの句に、そのときの状況や心境を記した文章がついていますが、それを読むと、そのときどきの一茶の感情がしっかり句に反映されていることがよくわかります。まさに人生を句に詠み込んでいるのです。

これから一茶の俳句を味わっていきますが、その俳句が詠まれた背景を理解することで、味わいは一層深くなると思います。そこで最初に、一茶の人生を簡単に見ておくことにしましょう。

三歳で母と死別、十五歳で江戸へ出され……

一茶は宝暦十三年(一七六三年)、信濃の柏原という大名行列も通る北国《ほっこく》街道沿いの宿場町で生まれました。生家は中の上ぐらいの農家で、一茶は長男でした。本名を弥太郎といいます。一茶が三歳のとき、母親が亡くなりました。今のように写真があるわけではないので、一茶には母親の面影が全くありません。のちに母親を海に重ねた句を詠んでいますが、茫洋《ぼうよう》とした大きな存在としてイメージしていたようです。母親の愛情を受けないまま育ったことは、一茶の人生に大きな影響を与えることになりました。

その後、父親は再婚し、後妻としてやって来たのがおはつという人でした。この継母は異母弟の仙六が誕生すると、一茶に非常に厳しく当たるようになりました。仙六がむずがって泣き出すと「お前がいじめたのだろう」と、何の関係もない一茶を折檻《せっかん》しました。何かあると叩かれ、一茶はいつも嫌な思いをしました。

安永五年（一七七六年）、一茶を可愛がっていた祖母が亡くなると、おはつの継子いじめは加速しました。見かねた父親は「ここにいてはお前が大変なことになる」と一茶の身を案じ、数え年で十五歳のときに江戸へ奉公に出すことを決めました。次男や三男が奉公に出されることはよくありましたが、跡取りになるべき長男が奉公に出されるのは異例なことでした。

その裏には自分の息子に跡を継がせようとする継母の魂胆もありました。父親はそれを抑えきれなかったのです。父親は一茶を江戸に送る際も「お前も辛いだろうけれど頑張るんだよ」と励ましました。だから一茶は父親を恨むことはありませんでしたが、継母と義弟とは生涯にわたって反目し続けることになりました。

こうして一茶は江戸に出たのですが、まだ十五歳ですから苦労を重ねることになります。はっきりとした記録がないのですが、十年間にわたり、いろんな職業を転々としたようです。そんな中で俳諧と出合ったのでしょう。俳諧の仲間たちと接するうちに、俳諧師としてやっていきたいと思うようになりました。

そして天明七年（一七八七年）、二十五歳のときに一茶は俳諧師を目指し葛飾《かつしか》派というグループに所属しました。この葛飾派の撰集の中には、現在明らかになっている一茶の最古の句が含まれています。

二十七歳になると、一茶は俳句の修行として陸奥行脚《あんぎゃ》に出かけます。この旅を経て、一茶は俳諧師として認められるようになりました。しかし、そのまま江戸に定住するわけではなく、一茶の旅はさらに続きました。今度は三十のときに西国行脚へ出発します。このときは関西から四国に渡り、そこから九州にまで脚を延ばしています。この西国行脚は各地の知人や俳句の同人や愛好家たちの家を泊まり歩きながら七年に及ぶ長い旅になりました。江戸に戻ったとき、一茶は三十六歳になっていました。この旅に詠んだ句は『西国紀行』としてまとめられています。

十数年に及ぶ激しい遺産相続争い

十五歳で家を出てからの一茶の人生は、漂泊の人生であり、放浪の人生でした。「秋風や家さへ持《も》たぬ大男」という句がありますが、一茶には家も財産も何もありませんでした。享和元年（一八〇一年）、三十九歳のとき、一茶は久しぶりに故郷に帰りました。ところが、父親が傷寒《しょうかん》（腸チフス）にかかり、六十九歳で亡くなってしまうのです。このときの様子を一茶は『父の終焉《しゅうえん》日記』にまとめています。読んでみると、身の回りに起こったことをまとめていく私小説のような内容になっています。これは今でも価値のある重要な作品だと私は思っています。

亡くなった父親は遺言を残していました。その中には一茶と義弟の仙六が遺産を等分に分割相続するように書かれていました。一茶は父親の遺言にしたがって遺産の分割相続をすることを望みましたが、おはつと仙六は納得しませんでした。一茶は家を出てから家の仕事を何もしてこなかったのだから遺産を相続する権利はないと主張したのです。ここから長く続く遺産相続争いが始まりました。

この争いは七年後の文化五年（一八〇八年）、四十六歳のときにいったんまとまりますが、一茶が継母と義弟に対して賠償金を要求したために決裂します。賠償金というのは、元々、相続する遺産が半々であったのなら、これまでに自分の取り分である母屋や田畑を使って上げた収益を寄こせということです。

これ以後、一茶は何度も江戸から帰郷して遺産相続の交渉をしますが、協議はなかなかまとまりませんでした。一茶の要望が通り、相続問題に決着がついたのは文化十年（一八一三年）、一茶が五十一になったときでした。

その翌年、五十二歳にして一茶は放浪の人生に終止符を打ち、生家に戻ることになりました。十五歳で奉公に出てから三十七年の時が経っていました。そしてこの年、一茶は二十八歳の菊と結婚をしました。五十二歳にして初婚ですから、一茶の感慨は察するに余りあります。

この遺産相続問題に関して、一茶はお金に汚いのではないかと言う人もいるかもしれません。しかし、理不尽な要求をしたのは継母と義弟のほうで、一茶はきちんと自分の権利を主張したにすぎません。これは、ある意味で、個人が確立している近代人の姿と言っていいと思います。

『ビギナーズ・クラシックス 日本の古典 小林一茶』(KADOKAWA)の編者・大谷弘至氏は、近代というのは明治維新によって始まったのではなく、一茶や北斎が活躍した文化文政の時代にその萌芽《ほうが》があったのではないかと考えています。私もその意見に賛成です。先に挙げた『父の終焉日記』などは近代文学の最初の本として捉えることができるのではないかと思うからです。

大衆的な感覚こそが近代の特徴であり、そんな大衆化の時代を象徴している俳人が一茶です。一茶の作る俳句は、古典の素養がないと意味がわからないというものではありません。通人たちが仲間内で楽しんでいる俳句とは違って、一般の人たちでも作れそうな雰囲気を持っています。実際にはそう簡単には作れないのですが、少なくとも古典の素養がなければ参加できないというような敷居の高さはありません。貴族的な文化ではないという点で、大衆文化といっていいでしょう。

晩年まで続いた悲運

さて、五十二で結婚した二年後、五十四歳のときに長男の千太郎が生まれます。しかし、翌月には亡くなってしまいます。文政元年（一八一八年）、五十六歳のときには長女さとが誕生しますが、さとも翌年疱瘡《ほうそう》（天然痘）で死去してしまいます。この経緯は『おらが春』に詳しく書かれています。その中にある、さとを喪《うしな》った悲しみを詠んだ句が「露の世は　露の世ながら　さりながら」です。

さらに二年後に次男の石太郎が生まれます。その同じ月に一茶は雪道で転倒して中風（脳卒中）を患い、一時は下半身不随になります。その後、運よく治癒したのはよかったのですが、いいことばかりではありませんでした。今度は石太郎がわずか三か月で死去するのです。おんぶをするなと注意していたのに、菊がおんぶをして窒息《ちっそく》死させてしまったようです。一茶は、石太郎の石は墓石のことだったのかと嘆きました。

還暦を迎えた文政五年（一八二二年）に、三男の金三郎が誕生します。しかし、またしても悲劇が起こりました。翌年に妻の菊が三十七歳の若さで亡くなってしまうのです。この時代は出産も命がけだし、病気にもすぐかかり、生きていくことが大変だったのです。悲劇はさらに続き、同じ年の暮れに、金三郎も亡くなってしまいました。

このような経緯で三人の男子と長女の四人の子どもが生まれて間もなく亡くなり、妻も亡くなってしまうのです。六十一歳にして一茶は天涯孤独の身の上となりました。

それでも翌年には再婚するのですが、すぐに離婚。六十四歳のときに三度目の結婚をしますが、文政十年（一八二七年）六月に柏原を襲った大火事に巻き込まれ、母屋を焼失し、一茶は焼け残った土蔵で暮らすようになります。そして、その土蔵の中で同年十一月十九日に六十五歳の生涯を閉じるのです。懐胎していた妻に待望の女児が生まれたのは、悲運にもその翌年でした。

俳諧師として生きる覚悟と意地

ざっと一茶の人生を辿《たど》ってみましたが、これだけ見ても艱難《かんなん》辛苦の生涯であったことが伝わってきます。

俳諧師を生業《なりわい》としてはいたけれど、それだけで食べていくのは難しい。頼りの父親も亡くなって強い喪失感を抱いていたように見えます。それに加えて十五歳で奉公に出されたことで故郷をも喪失したという思いもありました。

元来の一茶はごつごつした手をした大柄な人で、農民としての強さもありました。信濃から江戸へ出稼ぎに来る人は「椋鳥《むくどり》」と呼ばれて馬鹿にされました。しかし、一茶は自らを「信濃の椋鳥」と称して、「江戸の者たちに負けてたまるか」という強烈な反骨心を抱いていました。「信濃から出てきた出稼ぎのほうが〝本物〟を掴《つか》んでいる。江戸にいるだけの人間にはわからないだろう」とも思っていました。

これは俳諧に関しても同じでした。一茶には「江戸の者に本当の雪なんかわからないだろう。お前たちの詠む雪の句なんて偽物だ」という意地がありました。夏目成美《せいび》とか鈴木道彦などの人気俳諧師と交わって、その才能に一目置きつつも「自分が掴んでいるのが本当のものなんだ」という強い確信を抱いていました。自分の句は故郷の自然の中で育ったからこそできる句なんだという自信もありました。
だから江戸にいると何かにつけて故郷を思い出すのですが、故郷に帰ろうとすると江戸が恋しくなる。江戸のほうがレベルの高い友達もいるし、都会の良さを感じて離れがたく思うのです。一茶は、信濃と江戸を意識が行ったり来たりする、そういう複雑な思い抱えながら生きていました。そんな気持ちを抱きながら自分の好きな俳諧の道を歩いて行きました。どんなに辛い目に遭っても、俳諧にかける情熱だけは途絶えたことがありませんでした。徹底的に追求して、しかも一茶の特徴である軽みを失うことなく、笑いが起こるような親しみやすい句をたくさん作りました。

一茶がこの世を去ってから二百年近く経った今でも、一茶のファンはたくさんいます。私はNHK Eテレの『にほんごであそぼ』の総合指導をしていますが、一茶の俳句は別格に人気があります。「む《う》まそうな雪がふうは《わ》りふは《わ》りかな」というような句を紹介すると三歳や四歳の幼児でも内容を理解して、すぐに覚えてしまいます。そういう小さな子どもたちが覚えたくなって、すぐ暗唱してしまう句をたくさん作っているというのは大変な功績だと思います。

また、冒頭に挙げた「やれ打つな　蠅が手をすり　足をする」のように、俳句はこんなふうに作ってもいいのだなと、俳句への敷居を低くしてくれた功績もあると思います。私自身、『一茶全集』を読むと、いつもほっとした気持ちになります。

心軽やかに生きる

一茶は生涯に二万以上もの俳句を遺しましたが、本書ではその中から百句を選んで解説をつけました。数ある一茶の句の中でも、覚えたくなる、むしろ、つい覚えてしまう句が中心になっています。最初にも述べたように、一茶の俳句のよさとは「馴染《なじ》みやすさ」であり「わかりやすさ」だと思います。そこのところで石川啄木と共通するところもありますし、庶民に親しまれる性格を持った人だったと思います。関連句も示しましたので、興味のある方は、ここから一茶の世界を歩いてみてください。

執筆にあたっては、いくつかの本を参考にさせていただきました。『一茶句集』（玉城司《たまきつかさ》・訳注／KADOKAWA）は、一茶の俳句の入り口となる本です。訳も解説もあり関連句もあり、数も多いので入門書としては非常に役に立ちます。一茶を小説にした『ひねくれ一茶』（田辺聖子／講談社）にもたくさんの俳句が入っています。一茶がどんな時期にどんな心境で詠んだのかがよくわかります。

一茶の句集では、『一茶秀句』（加藤楸邨《しゅうそん》／春秋社）も解釈の参考にさせていただきました。私は加藤楸邨が好きなので、「ああ、こういう解釈もあるんだな」と思いながら感慨深く読みました。また、まとまった句集としては、『一茶俳句集』（丸山一彦校注／岩波文庫）があります。たくさんの一茶の俳句を手軽な形で読めるようにしたもので、私はこの本をポケットに入れて、あちこち旅をするときにパラパラめくりながら楽しんでいます。『一茶句集』（金子兜太《とうた》／岩波書店）も、金子兜太さんならではの解説があって面白く読めます。

英訳の本としては『英訳一茶100句集』（鈴木鎮一《しんいち》・選／宮坂勝之、宮坂シェリー、柳沢京子・訳／ほおずき書籍）があります。英訳もいいし、挿入されている切り絵も素晴らしい本です。

岩波文庫の『父の終焉日記・おらが春』（矢羽勝幸・校注）は、俳句と文章をセットで味わえる句文集です。一茶の人生がしみじみと伝わってきます。

一茶の句はわかりやすいようですが、たとえば「大根《だいこ》引き大根で道を教へけり」をまわりの人に「どういう情景か」と聞くとわからない人も多かったので、イラストが理解の手助けになればと思い、自分で描いてみました。下手な絵で恐縮ですが、一茶愛が高じたものと、ご容赦いただければ幸いです。


一茶はどんな大変な状況にあっても、自分のことをどこか客観視してその思いを句に昇華させ、ときに自分自身を笑ったり、静かに鼓舞したりしながら、強《したた》かに生き抜く姿勢を示しています。凄《すさ》まじいまでの精神力です。

人生を生きていると、誰しも悲しいことや辛いことに出遭います。そんなとき、一茶の句をふと胸に浮かべたり、口ずさんだりしながら、心を軽やかにして強かに生き抜く力を得ていただくことができればと願っています。

もくじ

一、寛政期（1789～1801年）

二、享和期（1801〜1804年）

三、文化前期（1804〜1808年）

四、文化中期
（1809〜1813年）

五、文化後期

（1814〜1818年）

六、文政期

（1819〜1830年）※一茶は1827年没

挿画――齋藤 孝

凡例

・句の表記については、『一茶全集 第一巻』（信濃毎日新聞社刊、一九七九年）を基本にした。ただし、仮名遣いに関しては、読みやすさを考慮し、一部ひらがなに改めた箇所や促音等、現代仮名遣いで示した箇所がある。

・前書をもとに、各句の下欄に出典を付し、初出の句帖などにおける記載年次を、その句の作句年次として記した。また、採録した百句に関連する句を左頁端に付した。

・季語・季節については、前書の分類をもとに、右頁右下部に配した。また、句中に使われている季語が傍題である場合には、見出し季語を挙げ、（　）で傍題を補った。

・読みにくい漢字には振り仮名をつけ、送り仮名の不足も振り仮名でこれを補った。

一、寛政期

27〜39歳（1789〜1801年）

- 27歳　みちのく行脚に出る
- 29歳　初の帰郷
- 30歳　足掛け七年に及ぶ西国行脚へ出立

名句百選 1

芽出しの季節の勢いを楽しむ

春
木の芽

木々おのおの名乗り出《いで》たる木《こ》の芽《め》哉《かな》

俳諧千題集
寛政元年（一七八九年）

木の芽が「名乗り出たる」というのは、新芽が出たということだろう。おのおのの木から一斉に新芽が出る芽出しの季節、新緑の季節を詠んだ句だ。

一茶は木に萌《も》え出た新芽を見て、「私が出ましたよ」「私が出ましたよ」と名乗り出ているかのようだと思ったに違いない。この「名乗り出たる」は、擬人法的な使い方になっているが、それを木の芽に使っているのがとてもユニークだ。

どんな木からもその季節になれば新芽が一斉に芽吹いてくる。それは名高い名木でも、そのへんにある木でも同じである。それぞれの木の中で、新芽が「私が出てきましたよ」と名乗り出てくるのだ。

この「名乗り出たる」で思い出すのは、「問われて名乗るもおこがましいが」で始まる口上で有名な白波五人男の首領・日本駄右衛門だ。河竹黙阿弥の歌舞伎狂言『青砥稿《あおとぞうし》 花紅彩画《はなのにしきえ》』の中のセリフだが、いかにも仰々しい。一茶は新芽というのも、それくらいの勢いとともに出てくると見たのかもしれない。

◉ 芽出しから　人さす草は　なかりけり

霞に煙る江戸の景色に思いをはせる

三文《さんもん》が
霞《かすみ》見にけり
遠眼鏡《とおめがね》

霞の碑
寛政二年（一七九〇年）

三文を払って遠眼鏡で霞を見に来たよ。

遠眼鏡というのは望遠鏡。湯島天神《ゆしまてんじん》の展望台にあった遠眼鏡で江戸の町を眺めようと、一茶は三文の料金を払って遠眼鏡を覗《のぞ》いてみた。しかし、残念ながら霞がかかっていて、ほとんど何も見えなかったのである。

そのぼんやりとした景色を「ああ、三文の値打ちの景色だったな」と言っているのだが、この三文は一茶自身にかけて、三文ほどの値打ちしかない安っぽい男だと自らを揶揄《やゆ》しているともとれる。三文の価値しかない男が三文の価値しかない景色を見ているというのは、傍から見れば笑ってしまう情景だ。

当時はかけ蕎麦《そば》が一杯十六文だったというから、三文は決して高くない。今なら五十円か百円ぐらいのものだろう。だから、景色が見えなくても怒るほどではない。ちょっとがっかりしたという程度のことだったろう。しかし、遠眼鏡でわざわざ見たのに霞がかかっていたというだけのことを、このようなほろ苦いユーモアのある句に仕立てるというのが一茶らしいセンスだ。

◉三文が　草も咲かせて　夕涼み

◉三文が　桜植けり　吉野山

名句百選 3

地面から鐘の音が響く不思議な感覚

山寺や雪の底なる鐘の声

霞の碑
寛政二年（一七九〇年）

冬
雪

山寺の鐘の音が雪の底から響いてくるようだなあ。鐘の音が空間を伝わってくるのではなく、雪の底から響いてくるという着眼点が面白い。

子どもの頃、故郷を流れる安倍《あべ》川の河原で花火大会の様子を寝ころんで見ていたら、背中にドーンと花火の音が響いて驚いたことがある。まさに「背中で聞く花火かな」といった感じだった。この句の情景もそういう感じで、きっと雪の底からズーンと鐘の音が響いてきたのだろう。この響きの尋常ではない様子は、雪国ならではの不思議な感覚なのだと思う。川端康成の『雪国』は「国境の長いトンネルを抜けると雪国であった。夜の底が白くなった」と始まる。ここでも「底」という言葉が使われている。雪国では、雪が降ると地面がただの地面ではなくなるのだろう。「柿くへ《え》ば鐘が鳴るなり法隆寺」という正岡子規《しき》の句があるが、昔は鐘の音というのは非常に大事なものだった。それは時報の役割も兼ね、生活のリズムを作ってくれていた。昔も今もお寺の鐘の音というのは風情があり、郷愁《きょうしゅう》を呼び起こす。

◉我郷《わがさと》の　鐘や聞くらん　雪の底

名句百選 4

賑やかな都は昔も今も心が躍る

みやこ哉《かな》
東西南北《とうざいなんぼく》
辻が花

寛政句帖
寛政四年（一七九二年）

夏
辻が花

「花の都」という言葉があるが、地方に生まれ育った一茶にとって、都は憧れの地だったのだろう。その都で「辻が花」という染物が流行していた。「辻が花」は室町時代の終わりから江戸自体の初期にかけて一世を風靡《ふうび》した絞り染めの技術で、昭和中期になって久保田一竹が復興・発展させたことでも知られている。

この辻が花の染物で「都はどこもかしこも花盛りだなあ。さすが都会だなあ」と一茶は詠う。都にやって来た一茶のうきうきした様子や都の華やかさを感じさせる一句だ。

句の前に添える詞書《ことばがき》に「皇都」とあるので、この都は江戸ではなくて京都のことだと考えられる。その都の東西南北すべての地域が辻が花の染物で溢《あふ》れ返っていた。それほど大流行していたということだろう。

この「東西南北○○○」という言い方は、爽快感があって縁起がいいような感じがする。一茶はこの言い方が気に入っていたのか、「東西南北《ひがしにしみなみきた》より雪吹哉《ふぶきかな》」「東西南北《とうざいなんぼく》吹交《ふきま》ぜ吹交ぜ野分哉《のわきかな》」といったように他の句でも使っている。

◉花の山　東西南北《ひがしにしみなみきた》の人

湖底に広がる雲の峰を想像してみよう

夏
雲の峰

しづ《ず》かさや
湖水《こすい》の底の
雲のみね

寛政句帖
寛政四年（一七九二年）

静かな湖の底に雲の峰が広がっていくよ、という不思議な句だ。「湖水の底」という言葉がこの句のポイント。雲の峰が底に見えるというのだから、非常に透明度の高い湖なのだろう。想像すると、とても幻想的な感じがする。この句は一茶が西国に旅に出た折に、琵琶湖で詠んだものだ。琵琶湖に映る夏の雲が深く深く沈んでいるように見えたのだろう。

初句に「しづかさや」という言葉を置いている。「しづかさや」と言うと、芭蕉の「閑《しずか》さや岩にしみ入蟬《いるせみ》の声」が思い出されるが、一茶は広大な琵琶湖の静まり返った水底に雲の峰を見たのだ。本来、雄大であるはずの空の雲の峰が水の底に閉じ込められている。それは神秘的な静けさを湛《たた》えた風景に見えたことだろう。

私は呼吸法を教えているが、感覚を伝えるため、「ふーっと息を吐いて、湖の底にいるような感じになってみてください」という言い方をしている。ふっーと息を吐いていくと、体が水の底に沈んでいくような感覚を覚える。この「湖水の底の雲の峰」という表現は、そんな身体感覚にも合っているように思う。

◉雲の峰の　下から出たる　小舟哉

名句百選 6

誰も考えなかった奇想天外な発想！

秋 星合

を《お》り姫に推参したり夜這星《よばいぼし》

寛政句帖
寛政四年（一七九二年）

織姫と彦星が一年に一度会うという美しい七夕伝説。ところが一茶は、一年に一度の逢瀬《おうせ》を楽しみしている織姫のところに、彦星ではない流れ星が呼ばれてもいないのに夜這いをかけるというユニークな句にしている。「夜這星」とは流れ星のこと。「推参」というのは「ただいま、参りました」といった大仰な言い方で面白い。「推参」と「夜這」の言葉のイメージがズレているところにも面白味がある。何より空の星に「夜這星」があるという発想が滑稽である。

私は笑いをいろいろな感覚の最上位に置いている。面白いことをすっと言えて人を笑わせるというのは大変な才能である。多くの人がそれをわかっているから、芸人さんは非常に人気があるし、需要があるのだろう。一茶の句にも、そういう人をクスっと笑わせるものが多い。

夜這いについては『夜這いの民俗学』（赤松啓介・著）に詳しい。それによると戦前頃までは夜這いの風習は結構残っていたらしい。今はSNSで男女が出会うケースが増えているようだが、昔はそれとは全く違う形の出会いがあったのだ。

◉彦星の　にこにこ見ゆる　木間《このま》哉

名句百選 7

浮世の人間と空を舞う雲雀の絶妙な対比

春
雲雀

天に雲雀《ひばり》
人間海に
あそぶ日ぞ

西国紀行
寛政七年（一七九五年）

空には雲雀が舞い、人間は海に遊んでいる。日本で海水浴が始まったのは明治時代といわれているので、この「海にあそぶ」は潮干狩りでもしているのだろう。また、「人間」には仏教の「人間界」というニュアンスが含まれている。つまり、煩悩にまみれた衆生が生きている場所だ。これに対して「天」には「清らかな場所」というニュアンスがある。一茶は浄土真宗の信者で極楽浄土の考え方を持っていたから、天を極楽浄土と重ねて見ていたのかもしれない。浮世に生きる人間の自分は海で遊び、清らかな天には雲雀が飛び交っている。ここでは天と地、雲雀と人間が対比されて描かれている。

大伴家持《おおとものやかもち》の「うららに照れる春日《はるひ》に雲雀《ひばり》あがり心悲しも独りしおもへば」という和歌。春の穏やかな日に雲雀が一羽空高く上がっていく様子が一人でいる自分の心に染み入るなあ、という歌だ。山上憶良《やまのうえのおくら》の貧窮《ひんきゅう》問答歌の「世間《よのなか》を憂《う》しとやさしと思へども飛び立ちかねつ鳥にしあらねば」。浮世はつらいが、自分は鳥ではないから飛び立つことができない。一茶の句とも通ずるものがある。

◉天広く　地ひろく秋も　ゆく秋ぞ

知らない土地で、夜、道に迷う

おぼろおぼろふめば水也《なり》まよひ道《い》

西国紀行
寛政七年（一七九五年）

春
おぼろ

朧月夜《おぼろづきよ》の夜道で迷い、足を踏み出したら水たまりにはまってしまった。ぼんやりとかすんで見える春の朧月夜、四国を旅していた一茶は宿が見つからないまま道に迷ってしまった。本来、その日は知り合いの寺に泊めてもらうつもりだった。しかし、その人はすでに亡くなっていて、宿泊も断られてしまったのだ。夜、よく知らない土地で迷うという不安な心境が表れた句だ。当時は街灯がなく、月明かりも弱いとなれば、暗闇に近かっただろう。そんな中、泊まる場所を探していたら道に迷い、おまけに水たまりを踏んでしまった。そこになんとも言えないわびしさを感じる。イランのアッバス・キアロスタミ監督の『友だちのうちはどこ?』という映画がある。友達にノートを渡すため出かけた少年が道に迷ってしまうというだけのストーリーだが、知らない土地で道に迷う不安はなんとも言えないものがある。私も外国で道に迷った経験があるが、自分が一体どこにいるのかがわからない心細さはよく理解できる。

◉月朧　よき門《かど》探り　当《あて》たるぞ

旅は俳人にとって絶好の機会となるが、決して楽なものではなかったのだ。

名句百選 9

温泉地での開放感ある風景

寝ころんで蝶泊《とま》らせる外《そと》湯《ゆ》哉

春
蝶

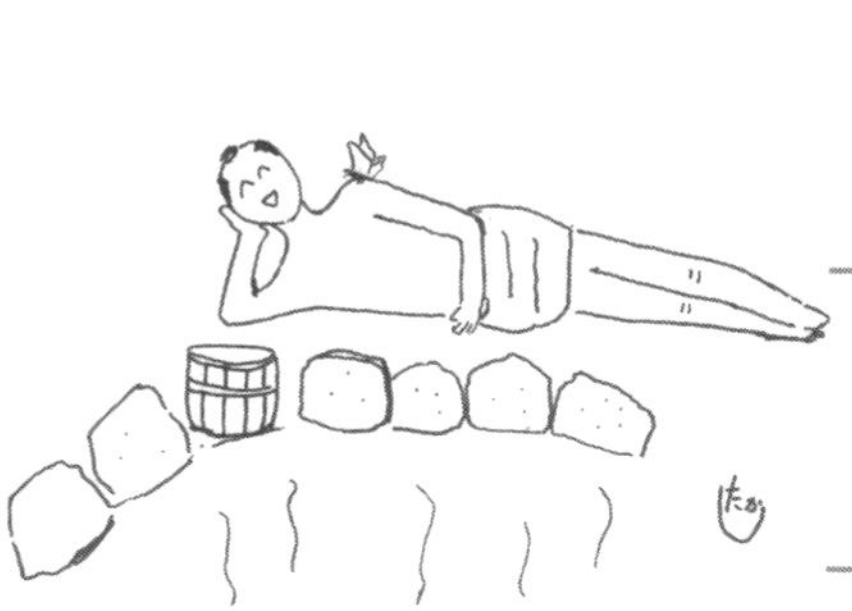

西国紀行
寛政七年（一七九五年）

寝転んで蝶を止まらせる、のんびりとした露天風呂だな。

『西国紀行』の中の一句で、四国の道後《どうご》温泉を訪れたときに詠んだもの。外湯とは露天風呂と考えていいだろう。露天風呂でのんびりと寝転んでいたら、お湯から出ていた腕か肩かに蝶が止まった。それを払わずにそのまま止まらせておいたという、なんとも穏やかで開放感のある風景が目に浮かぶ。

外国の観光客には日本の温泉はとても人気があるようだ。中でも露天風呂の人気が高いらしい。日本人は温泉も露天風呂もどこにでもあるのが当たり前と思っているが、外国には温泉がない国も多い。温泉は日本の文化と言ってもいいだろう。

私も温泉が好きで、講演会などで地方に行くとき、温泉があるところは泊まりがけにしようと思うぐらいだ。のんびり温泉に浸《つ》かって、お湯から出て寝転がったり、涼んでいたりしていると、心の底から幸せだなと思う。そこに蝶が飛んで来ることもあったような気がする。

時代を超えて日本人には共感しやすい温泉地での一つの光景を詠んだ句だ。

◉ 湖を 風呂にわかして 夕がすみ

名句百選10

はしゃぐ子に遠き日の自分を思う

正月の子供に成《なり》て見たき哉

西国紀行書込
寛政年間

新年
正月

正月は今も子どもにとっては楽しい行事なのだろう。お年玉をもらったり、家族と遊んだりといったワクワク感がある。大人になるとそれほど楽しまなくなるが、はしゃぐ子どもたちの姿を見ると、「ああ、もう一度あの頃に戻りたいな」という気分になることがある。この句には、そんな感情が素直に出ている。

私が小学生を集めて教えていたとき、特に面白かったのが小学校三年生だった。三年生は無駄な動きが多くて騒がしいのだが、「音読しよう」というとシャキッとして、声をそろえて一所懸命音読をした。そんな子どもの好ましさ、エネルギーに溢《あふ》れた姿がこの句から浮かんでくる。子どもが目いっぱい楽しむ様子が、正月にはとりわけくっきり表れるようだ。

一茶の子ども時代は、そんな普通の子どもたちと同じような楽しみ方ができなかったらしい。だから、凧《たこ》揚げをしたり、独楽《こま》まわしをしたり、もっといろいろ遊びたかったなあという思いも入っているのだろう。そういう意味では、子ども時代の自分を救いたいという気持ちで詠んだ句という見方もできるかもしれない。

◉とし玉の　さいそくに来る　孫子哉

◉はまの子は　正月待つよ　鳴千鳥《なくちどり》

名句百選 11

小便をする後ろ姿に生の切なさを見る

小便の
身ぶるひ笑《い》へ《え》
きりぎりす

西国紀行書込
寛政年間

秋
きりぎりす

立ち小便をしたあとにブルブル身ぶるいするのを笑うがよい、キリギリスよ。一茶の手にかかると立ち小便もちゃんとした句になる。芭蕉には「蚤虱《のみしらみ》馬の尿《しと》する枕もと」という句がある。これは馬が小便をしているのだが、一茶は人間の小便《ばり》を句にして、しかも男性なら誰でも経験することを詠んでいるので笑える。一茶自身も身ぶるいをする姿が滑稽だと思ったのだろう。キリギリスに向かって「笑えたければ笑えよ」と言っているのが面白い。もちろん、キリギリスはそんなことを気にしたりしないが、そんな滑稽な後ろ姿には生き物としてのしかたなさ、切なさが込められている。こんなふうにブルブルと震えてしまう自分とはなんなんだろうと思う。

生き物が小便をする時間は平均二十五秒と言われている。体の大小にかかわらず、みんなそのくらいらしい。これはたぶん、時間をかけていると襲われる危険があるからだろう。そこに生物としての面白さや悲しさがある。小便を詠んだのは一茶が初めてではないが、一茶の句にはなんとも言えないおかしみがある。

◉小便の　滝を見せうぞ　鳴蛙《なくかわず》

◉小便の　穴だらけ也　残り雪

一茶　生き物の名句

雀《すずめ》

◉雀《すずめ》子《こ》がざくざく浴《あび》る甘茶哉

◉しょんぼりと雀にさへ《え》もまま子哉

◉親雀子を返せとや猫を追ふ《う》

◉雀子を遊ばせておく畳哉

◉ひよ子から気が強い也江戸雀

◉さあござれ爰迄《ここまで》ござれ雀の子

時鳥《ほととぎす》

◉うす墨《ずみ》を流した空や時鳥

◉時鳥汝《なんじ》に旅をおそは《わ》らん

◉とびくらをするや夜盗《やとう》と時鳥

◉時鳥我身《わが》ばかりに降《ふる》雨か

◉ひきど《蟾》のの葬礼《とむらい》はやせほととぎす

◉三日月とそりがあふ《う》やら時鳥

二、享和期

39〜42歳（1801〜1804年）

・39歳

帰郷中に父が病死
継母・弟との苛烈な遺産相続争いが始まる
当時のことを『父の終焉日記』にまとめる
（稿本／出版は一茶の死後）

名句百選 12

蝸牛に元気づけられるほどの喪失感

夏
蝸牛

足元へいつ来《きた》りしよ蝸牛《かたつぶり》

父の終焉日記
享和元年（一八〇一年）

気がついたら、いつの間にか蝸牛が足元にいた。

この句は、実父が病に倒れて亡くなったあとの初七日までを描いた『父の終《しゅう》焉《えん》日記』の中に収められている。亡くなる前に詠んだ句だが、一茶はこのとき、頼みの綱の父親が倒れ、関係が悪化した継母と連れ子に家を乗っ取られてしまうかもしれないという不安の中にいた。

そんなとき、ふと足元に見つけた蝸牛が、一茶には頼もしい仲間のように思えたのだろう。蝸牛はゆっくりゆっくり動くから、足元に来るまでにはずいぶん時間がかかったはずだ。しかし、一茶は全く気がつかなかった。考え事をしていたのか、何かに気を取られていたのか、あるいは落ち込んでいたのかもしれない。

心細い気持ちを抱えているときに、生き物が近くに来てくれると、「ああ、自分の味方になってくれているんだな。それならもっと元気を出さないとな」という気持ちになる。現実には小さい蝸牛ではなんの助力にもならないけれど、一茶は確かに元気づけられたのだ。

◉蝸牛　見よ見よおのが　影ぼふし《う》

◉並んだぞ　豆つぶ程な　蝸牛

名句百選
13

現代人にも響く寄る辺のない孤独感

春
桜

夕桜
家ある人は
とくかへ《え》る

享和句帖
享和三年（一八〇三年）

家がある人は夕方には桜を見終わって早々に帰っていく。

昔は夜が今のように明るくないので、花見も昼から行われていたのだろう。だから、あたりが薄暗くなると、みんな花見を終えて家に帰る。しかし、一茶には帰る家がないので帰りたくても帰れないのだ。この当時、一茶は寺の蔵に間借りをしていた。まだ俳句で食べていくことはできず、まともな家を借りるにはお金がかかるということだったのだろう。一茶は父親の死後、遺産相続交渉を継母と義弟との間で行っていたがまとまらず、江戸に戻ってきていた。帰るべき家がないのは、故郷の相続問題がうまくいっていないということでもあった。

一茶は長男でありながら十五歳で奉公に出されているから、長い間、帰る家がない状態だった。その不安感は相当なものだったはずだ。結婚して家庭を持っている人はそこに帰ればいいが、一茶は結婚もしていない。早く帰っても待っている人がいるわけではないから、もう少し花を見ていこうかと思ったのだろう。一茶の孤独感は、独身者の増えた現代にも共感されるものではないだろうか。

◉夕ざくら　けふ《きょう》も昔に　成《なり》にけり

名句百選 14

空の星に見立てて自らの境遇を詠む

秋
天の川

我星《わがほし》はどこに旅寝や天の川

享和句帖
享和三年（一八〇三年）

一体、私の星は天の川のどこで旅寝をしているのだろうか。

年に一度、七夕の日に織姫と彦星が会う天の川伝説を下敷きにした句。そんな日に自分は旅の途中で一人孤独の中にいる。もしかすると天の川を見ながら野宿をしたのかもしれない。きっと一人旅だったのだろう。だから孤独な自分を慰めるように、「自分の星は一体どこにいるのだろうな」と詠んだのではないだろうか。

自分の星がどこにあるかという見方は興味深い、私は自分の星を決めたことがないけれど、小さい頃に見ていたテレビアニメの『巨人の星』では、お父さんの星一徹《ほしいってつ》が子どもの星飛雄馬《ひゅうま》に向かって「あれが巨人の星だ」「あの星を目指して、ひときわ輝く星となれ」とよく言っていた。星一徹は、数多《あまた》ある星の中から勝手に巨人の星を決めたのだからすごい。この「星になれ」という言い方は、いろいろな場面で使えそうだ。

近松門左衛門の『曾根崎心中《そねざきしんじゅう》』には「我とそなたは女夫星《めおとぼし》」というセリフが出てくる。これも夫婦を星になぞらえている。当時は女が先の女夫《めおと》。

◉我星《わが》は　上総《かずさ》の空を　うろつくか

◉我星は　ひとりかも寝ん　天の川

名句百選15

激しい雨が降る枯野の風景

ざぶりざぶり
ざぶり雨ふる
かれの哉《かな》

享和句帖
享和三年（一八〇三年）

冬
枯野

「ざぶりざぶりざぶり」と雨が降っている枯野だな。

激しい雨の降る様子を「ざぶりざぶりざぶり」と表現するところが一茶のうまいところだ。格調高く詠んでやろうというのではなく、状況を音によって伝えようとしている。雨が大降りになって、そこに風が混じって、しかも枯野にいるという寂寥《せきりょう》感をこう表現したのだ。枯野にいるときにザーザーと雨に降られる様子が「ざぶりざぶりざぶり」という勢いのある擬音語から伝わってくる。枯野にいる生き物すべてが雨に降られて静かになっている情景がありありと浮かんでくる。

あとで取り上げる「大蛍ゆらりゆらりと通りけり」のように、一茶は擬音語や擬態語を使うのが得意だが、この句では「ざぶり」を潔く三回も繰り返している。それによって、ザーザーと降っている雨の勢いの強さが見事に伝わってくるのだ。

私が総合指導をしているNHK Eテレの『にほんごであそぼ』では、よく擬音語や擬態語を取り上げるのだが、子どもたちがとても喜ぶ。音の面白さというのは、年齢を問わず伝わりやすいのだ。

◉ざぶざぶと　暖《ぬく》き雨ふる　野分《のわき》哉

名句百選 16

腹が減るといろいろなものに敏感になる

夏

夏野

空腹《すきばら》に雷ひびく夏野哉

享和句帖

享和年間

夏の野原に出て寝転んでいたら、ドーンと雷が鳴ってすきっ腹に響いたよ。雷が体に響く。これは私も経験したことがある。夏に信州の山に行っていたら、夕方に遠くの方で雷の稲光がいくつも見えた。それから少し遅れてドーンと雷の音がとどろいた。寝転んでいると、その音が背中から響いてきた。雨は降っておらず、稲光と雷の音だけが聞こえた。一茶は貧乏だったから、いつも腹いっぱいになるまで食べられるわけではない。すきっ腹を抱えて原っぱに寝そべっていたら、雷鳴が響いたのだ。背中に響いたり腹に響いたりするだけでも十分面白い句なのだが、すきっ腹に響いたとしているところが一茶らしい。

すきっ腹だといろんなものが頼りなく思える。あるとき私は「人生って儚《はかな》いな」と思ったことがあった。ふと気がついて「ああ、そういえば今日はご飯を食べてなかったたな……」と思ってお腹いっぱいご飯を食べたら、儚いなどと少しも思わなくなった。すきっ腹だと、いろんなものを感じやすくなるのだ。とくに雷の音は響いたことだろう。それで一茶は夏の日を感じたのだ。

◉すき腹に　風の吹《ふき》けり　雲の峰

猫

◉大猫のどさりと寝たる団扇《うちわ》哉

◉紅梅にほしておく也洗ひ《い》猫

◉猫の恋打《ぶつ》切《きら》棒《ぼう》に別れけり

◉三日して忘《わすれ》られぬかのらの猫

◉蝶《ちょうちょう》を尻尾《しっぽ》でなぶる小猫哉

◉のら猫が仏のひざを枕哉

犬

◉菴《いお》の犬送ってくれる十夜《じゅや》哉

◉犬の子やかくれんぼする門の松

◉狗《いのころ》が敷《しい》いてねまりし一葉《ひとは》哉

◉卯の花の垣根に犬の産屋《うぶや》哉

◉犬の子が追ふ《う》て行《ゆく》也《なり》雪《ゆき》礫《つぶて》

◉茨垣《ばらがき》や上手に明《あけ》し犬の道

三、文化前期

42〜46歳（1804〜1808年）

・45歳　遺産分割協議のために帰郷するも進展せず
・46歳　遺産分割協議、いったんまとまるも決裂

名句百選17

どんなに貧しくても楽しみは見つかる

春　梅

梅がかやどなたが来ても欠茶碗《かけ》

文化句帖
文化元年（一八〇四年）

梅の香りがしている季節に一茶の庵にお客さんがやってきた。しかし、誰が来ても、お茶を出す茶碗は全部欠け茶碗だ。

この頃、一茶は江戸に住んでいた。今の東京都墨田区のあたりだ。そして、この時期の一茶は非常に貧乏で孤独な生活をしていた。「欠茶碗」という言葉から、わびしい暮らしぶりが伝わってくる。おもてなしをしようにも、何もできなかった。新しい茶碗がなかったので、欠けた茶碗でお茶を出すしかなかった。それがおもてなしの限界だったのだ。関連句のように、火鉢すらも欠けていたという。それほどの困窮状態だった。

しかし、そんな一茶のところにも春はやってくる。家の外から梅の香りが漂ってきた。それにつられるように、お客さんがやって来た。数少ない友達が訪ねてきたのだろう。それは一茶の気持ちを明るくするものだったに違いない。孤独の中にいた一茶にとって、友達との会話は楽しく、心をほぐすものであったことだろう。それは極貧の中に一筋の光が射してくるような楽しさだったのではないだろうか。

◉草の戸や　どなたが来ても　欠火桶《かけひおけ》

名句百選 18

物売りの声が生活とともにあった頃

かすむ日や
夕山かげの
飴《あめ》の笛

文化句帖
文化二年（一八〇五年）

春
霞

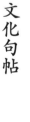

夕日が射す山のかげから飴売りの笛の音が聞こえてくるよ。
夕方の風景を表すとてもいい句だ。

私が小学生の頃は紙芝居屋のおじさんというのがいた。公園に自転車を停《と》めて、子どもたちを呼び込んで「黄金バット」などの紙芝居を始める。ひとしきり話し終わると、今度はエビせんのような丸いせんべいにドロッとしたソースを塗ったものや水飴などの駄菓子を売る。そういうものを食べることも楽しかった。「きんぎょーえー、きんぎょ」という売り声とともに金魚売りがやって来ることもあった。他にも、ポン菓子の業者が来るとお米を一合持って行ったものだ。業者はポン菓子の製造機を持ってきていて、その場でポン菓子を作ってくれた。

江戸時代は、物売りの声が生活の中にたくさんあった。そういう声を聞くのも、一つの楽しみだったのだろう。そして、夕方になるとやって来る飴売りの笛の音を聞くと、「もうこんな時間になったんだな」と気づく。飴売りの笛は、唐人笛（チャルメラ）がよく使われた。笛の音が夕景の中に溶け込んでいるようだ。

◉はるかぜや　鳴出しさ《そ》うな　飴の鳥

名句百選 19

月に向かって念仏を唱える

年よりや
月を見るにも
なむあみだ

文化句帖
文化二年(一八〇五年)

秋 月

年寄りが月を見て「ナムアミダ」と拝んでいる。「ナムアミダ」あるいは「ナンマイダ」は「南無阿弥陀仏」を略した言葉。阿弥陀仏はこの世の人をすべて救うという願いを立てている。「南無阿弥陀仏」は、そんな阿弥陀様におすがりするという意味だ。どんなに悟りに遠い凡夫であっても「南無阿弥陀仏」と唱えると救われて極楽浄土へ行けるというのが浄土真宗の念仏の考え方である。この句はそういう浄土真宗の考え方をベースにしている。サンスクリット語で、阿弥陀は「アミータ」という。「ミータ」はメーターと関連していて「測る」という意味がある。「ア」は否定の接頭語なので、「アミータ」は「測ることができない」ということ。それを漢語では「無量」という。量を測ることができないということだ。そして「アミータ」の音を漢語にしたものが「阿弥陀」である。

年寄りは月を見て「風流だな」と思うのではなく「極楽浄土へ行きたい」と願い「ナムアミダ」と唱えるようになる。それは歳をとった証拠かもしれない。でも月を見て「ナムマイダ」と拝んでいる老人を想像すると可愛らしさも感じてしまう。

◉蓬莱《ほうらい》に　南無《なむ》南無《なむ》といふ　童《わらべ》哉

◉なむああと　大口明けば　藪蚊《やぶか》哉

きつつきの木を叩く音に叱咤される

秋
木つつき

木つつきの死ねとて敲《たた》く柱哉

文化句帖
文化二年（一八〇五年）

きつつきが木をつつく音が「死ね死ね死ね」と聞こえるな。

きつつきは、木をつついて穴をあけて虫をついばむ。そのため、きつつきのくちばしは非常に鋭く、木を叩く音も非常に強い。その音は普通、カンカンカンとかコンコンコンと聞こえるが、そのときの一茶には「死ね死ね死ね」と聞こえたのだ。

当時の一茶は頼りにしていた父親が亡くなって血の通う肉親がほとんどいなくなり、そして四十を過ぎても家がなく、江戸中でいろんな人の家に泊まらせてもらっているという悲惨な状況にあった。目指す俳諧の道で大成することも難しいという孤独感に苛《さいな》まれていた。そんなときに、きつつきが木を叩く音を聞いたのだ。

一茶は死を選ぼうと思うほど衰弱していたのだろうか。いや、一茶はそれほど弱い人間ではない。むしろ、「死ね死ね死ね、カンカンカン」と、きつつきが木を叩く鋭い音が一茶には「目を覚ませ、いつまで現状に甘んじているんだ」と自分を叱咤《しった》しているように聞こえたのではないか。弱々しい音ではなく、鋭い音であるところに意味があると思うのだ。

◉身ひとツや 死《し》なば簾《すだれ》の 青いうち

雪も一緒につく北国の餅つき

古郷《ふるさと》や
餅《もち》につき込《こむ》
春の雪

文化句帖
文化四年（一八〇七年）

故郷の餅つきで春の雪も一緒についてしまったよ。

正月の餅つき風景を詠った句。昔は小学校でも餅つきをやって盛り上がったものだ。先生たちも参加して、みんなで協力して餅をついて、つきたての餅を食べた記憶がある。この句の面白さは、春の雪を一緒についてしまったというところにあるだろう。春といっても北国だから、雪がちらほら舞っている。その雪を餅と一緒についてしまう。餅の中に春の雪を混ぜていくといった感じだろうか。

私の育った静岡では、十年に一回ぐらいしか雪が積もらないから、まるっきり縁遠い世界なのだが、なぜか子ども時代にあった風景のように感じられる。「つき込」というのは、うまい言葉遣いだ。ついている餅に春の雪がちらほら降りかかるというのではない。わざわざ雪も一緒について、それが餅の中に混ざっていく。その面白さが感じられるのは、「つき込」という表現によるものだ。

この「古郷」とは一茶の生まれた信濃国柏原のこと。今の長野県だ。正月に雪が舞う中で餅つきをするというのも、信濃らしい風景ということになるのだろう。

◉ 初雪や　古郷見ゆる　壁の穴

◉ はつ雪を　煮て喰《くらい》けり　隠居達

名句百選 22

歓迎されない故郷に降る雪の冷たさ

冬
雪

心から
しなのの雪に
降られけり

文化句帖
文化四年（一八〇七年）

心の中まで信濃の雪に降られてしまったよ。

父親の七回忌の法要で故郷の信濃に帰った折に詠んだ句。故郷に戻ったものの
あまりよい扱いはされなかった思いが雪に「降られけり」にこめられているか。

江戸にいると故郷が懐かしく、自分は江戸人にはなり切れないなと思っていた。

しかし、故郷に帰ってみても歓迎はされなかった。それは遺産相続の問題がまだ片付いていなかったからだろう。父親の遺言では家や田畑は義弟と折半《せっぱん》することになっていた。しかし、継母や義弟は一茶が家の田畑を守っていたわけではないから相続の資格がないと主張した。こうした確執があったから、故郷は一茶にとって決して居心地のよい場所ではなかったのだ。

それを表しているのが「しなのの雪に降られけり」。ただの雪ではなく、生まれ故郷の信濃の雪である。その雪の冷たさが心の芯にまでズーンと重く降りかかってきた。それは悲しいとか寂しいといった感情を超えて、諦観《ていかん》にまで達していたのかもしれない。その意味では「心から」というのも印象的な始まり方である。

◉雪の日や　古郷人《ふるさとびと》も　ぶあしらひ

◉春風の　そこ意地《いじ》寒し　しなの《信濃》の山

蝶

◉初蝶のいきおひ猛《いもう》に見ゆる哉

◉蝶見よや親子三人寝てくらす

◉笄《かんざし》の蝶を誘ふ《う》やとぶ小蝶

◉墨染《すみぞめ》の蝶もとぶ也《なり》秋の風

◉蝶とぶや此世《このよ》に望みないや《よ》うに

◉蝶一ッ舞台せましと狂ふ《う》哉

螢

◉我袖《わがそで》に一息つくや負《まけ》螢

◉行け螢手のなる方へなる方へ

◉大家根《やね》を越へ《え》そこなひ《い》し螢哉

◉大螢ゆらりゆらりと通りけり

◉出支度《でじたく》の飯《めし》の暑《あつさ》やとぶ螢

◉入相《いりあい》のかね《鐘》につき出す螢哉

四、文化中期

47〜51歳（1809〜1813年）

・47歳　遺産分割協議を一から再開するも決裂
・48歳　遺産分割協議のため帰郷も決裂。『七番日記』執筆
・51歳　遺産相続争いが決着する

名句百選 23

一人きげんで元気に生きる

梟《ふくろう》の
一人きげんや
秋の暮

文化五・六年句日記
文化六年（一八〇九年）

秋
秋の暮

フクロウだけが一人ご機嫌でいる秋の暮れだな。

「一人きげん」という言葉が面白い。これは「ご機嫌であっても不機嫌であっても」ということ。フクロウというのは、機嫌が良くても悪くても変わらない。言われてみれば、確かにフクロウはどんなときでも自分の機嫌で生きている気がする。たとえ孤独であっても気にしていないようにも見える。

そんなフクロウとは正反対に、今の時代、他の人の目ばかり気にして生きている人が多いのではないだろうか。SNSでも「いいね」をたくさん押してもらいたいから、「こんなことを言うと、どう思われるだろうか」ということが気になる。人の目を気にしすぎるあまり疲れてしまうことはないだろうか。

相手の気持ちを何も考えずに誹謗中傷《ひぼうちゅうしょう》を繰り返すのは論外だが、相手に配慮しすぎて自分を見失ってしまうのも問題だ。他人の目ばかり気にして生きづらくなっている人は、ぜひこのフクロウのような「一人きげん」という感覚を身につけてほしい。これは心身ともに健全に生きるための最強の方法だと思う。

◉梟も　面癖《つらぐせ》直せ　春の雨

◉市姫の　一人きげんや　としの暮

くりくりっとした気分で行こう！

雪とけてくりくりしたる月よ哉

七番日記
文化七年（一八一〇年）

春
雪解

雪がとけて春になり、月が輪郭《りんかく》鮮やかにまん丸くきれいに見える。

普通、くりくりという言葉は「くりくりっとしたお目目」とか「くりくりっとしたお顔」というように、丸く愛らしいことを表すのに使う。月に向かって使う人はあまりいないだろう。しかし、一茶は他の句でも、くりくりという表現を使っているから、この擬音語を気に入っていたのだろう。

雪がとけると空気が澄むのだろうか。それまでぼんやり曇って見えていた月もくっきり見えるようになる。その違いをくりくりという擬音語で表したのだろう。擬音語や擬態語は日本語の魅力的なボキャブラリーだ。簡単な表現なのに、すっと伝わる。たとえば、「ぐりぐり」なら指で筋肉を押された感じがする。「ぐりぐり」は「くりくり」に似ているけれど、伝わる感じは全く違う。このように五感に訴えかけるところが擬音語や擬態語の魅力であり、一茶の句の魅力でもある。月をくりくりと表現した一茶の気分もまた、くりくりと鮮やかで晴れやかなものだったに違いない。

◉旅浴衣　雪はくりくり　とけにけり

◉草山の　くりくりはれし　春雨《はるのあめ》

散る花を見て生命の神秘を思う

春 花

斯《こ》う活《いき》て
居るも不思儀《議》ぞ
花の陰《かげ》

七番日記
文化七年（一八一〇年）

花の陰にたたずむように、自分がこう生きているのも不思議なことだな。ああ、花が咲いて散る。

一茶は花がきれいに咲いて散っていくのを見て、自分がこうやって生きているのは不思議なことだと思ったのだ。そういう思いに浸る瞬間は、誰にでもあるのではないだろうか。この句の前に、「漂泊の三十六年、（略）千辛万苦して一日も心楽しむこと無く、己を知らずしてついに、白頭の翁となる」と書いている。長い漂泊を思い返し、よく生きてきたと感慨に浸っている。ただ単に命は儚《はかな》いというばかりではなくて、生命の不思議を感じる。これが詩の生まれる瞬間だと思う。

そんな普遍的な感慨を一茶は「斯う活て居るも不思議（儀）ぞ」という五七五の中に見事に詠み込んでいる。そして「花の陰」と自然のものを組み合わせることによって、深さもあるし軽妙でもあり、俳句の魅力が溢《あふ》れ出るような句に仕上げている。いろんなときに、この「斯う活て居るも不思議ぞ」というフレーズを使ってみたくなる。そんな句である。

◉ 斯う居るも　皆がい骨ぞ　夕涼《ゆうすずみ》

桜を見て自分の情けなさを思う

春
桜

死《しに》支《じ》度《たく》致せ致せと
桜哉

七番日記
文化七年（一八一〇年）

「死ぬ用意をしろ、死ぬ用意をしろ」と、桜が咲いている。

桜が「死に支度をしろ」と言っているという見方が興味深い。西行は「願はくは花の下にて春死なん　そのきさらぎの望月の頃」と詠んでいるが、桜の花を見ると日本人は死を連想する。それは桜の花が潔くハラハラと散るからだろう。桜は春になるとパッと一斉に咲き、そして、あっという間に散ってしまう。それはとても美しい風景だ。しかし、桜の花が「そろそろ死に支度をしなさいよ」と言っていると思うと見方が変わってくる。

この句は、一茶が自身の境遇を自虐《じぎゃく》的に捉えているようにも見える。一茶はちゃんとした仕事を持たず、無駄飯食いばかりしていた。「働かざる者食うべからず」ではないが、働かずに食べてばかりで役立つことを何もしていない。そんな情けない自分に、桜の花が「そろそろ死に支度をしろ」と迫っているように見えたのだろうか。桜がそんなことを言うわけはないのだが、そんな捉え方をしてしまうところに当時の一茶の心境が窺《うかが》える。

◉ 死神に　より残されて　秋の暮

選

青空のもと、どこまでも歩く

行く年や空の青さに守谷迄《もりやまで》

我春集
文化七年（一八一〇年）

冬
行く年

年の終わりに空の青さに惹《ひ》かれて守谷まで歩いてしまったよ。

抜けるような青い空が広がっているのを見て、行く年を惜しみながら歩き続けたら守谷というところまで来てしまったというのだ。空の青さに惹かれて歩いてしまったというのが面白いが、いつまでも歩き続けていたいと思うような空の青さというのは確かにあるような気がする。

この句では「空の青さに」の助詞「に」がとても効いている。十二月の終わりに詠んだ句だと思われるが、「今年も終わってしまうな」という名残を惜しむ気持ちが「に」に込められている。元々は「空の青さに」ではなく「空の名残を」としていたらしいが、「空の青さに」にすることによって美しさが際立ってくる。また「名残を」だと「行く年や」と意味がかぶり、行く年を惜しむ感情に多くが割《さ》かれてしまうが、「空の青さに」にしたことで、気持ちが空に引っ張られて溶け込んでいくような広がりのある句になった。同じ内容の句でも、一茶は何回か作り直している。俳句は一文字違うだけで趣《おもむき》が全く違ってくることがよくわかる。

◉行としや　空の名残を　守谷迄《まで》

◉行年も　かまはぬ顔や　小田の鶴

28
気分を盛り上げる魔法の言葉

我《わが》春も
上々吉《じょうじょうきち》よ
梅の花

七番日記　自筆本
文化八年（一八一一年）

春
梅

梅の花が咲いている、我が春も運勢が良さそうだ。

春は誰にも訪れるけれど、それを自分の春なんだと言う。「我夏」「我秋」ではしっくりこないが、「我春」というとなんだかしっくりする。旧暦で生きていた昔の人にとって、正月は「春が来た」という感覚だったのだろう。旧暦だから今よりは少し早い春で、春を告げるのは桜ではなく梅の花だった。「上々吉」という言葉が面白い。もともとは歌舞伎の役者評判記などで「非常によくできている」という最上級の評価として使われる言葉だ。一茶は、梅の花を見て「今年は運勢がいいぞ」「大吉だ」と自分を盛り上げているのである。この心意気が私は好きだ。

大学院の頃、正月に引いたおみくじが凶だった。それが当たったかのように、その年は散々な目に遭った。「正月早々、おみくじに凶なんて入れなくてもいいじゃないか」と腹が立った。でも、凶を引いたからといって気にするくらいなら、最初から自分で「上々吉だ」と言ってしまったほうがいい。一茶のように「上々吉よ　梅の花」と呟《つぶや》いてみれば、自然と運勢がよくなっていくような気がする。

◉元日や　上々吉《じょうじょうきち》の　浅黄空《あさぎぞら》

◉わが春も　上々吉よ　けさの空

ちんぷんかんの裏側にある覚悟

無季
雑《ぞう》の句

花の月のと
ちんぷんかんの
うき世哉

七番日記
文化八年（一八一一年）

花だの月だのと、ちんぷんかんぷんなことばかり言ってきた浮世だったな。

この「うき世」とは、浮かれた世でもあるし、儚《はかな》い世でもある。そんな浮世で、花や月やとちんぷんかんぷんなことを俳句に詠みながら、ずいぶん適当に生きてきてしまったなと反省しているのだ。しかし、それは「ちんぷんかん」という言葉のかわいらしさと軽さから、自分の人生を後悔するような深刻な反省ではないことがわかる。

人間の一生は、何もかも論理的に筋道が立っていて、「自分の存在理由はこれだ」と根拠がはっきりしているような生き方ばかりではないと思う。人生を振り返ってみれば、「ずいぶん適当なことをしていたな」とか、「行き当たりばったりだったな」と思うことは、誰にでもあるだろう。

一茶自身も、俳諧で食べていこうと志は立てたものの、その生き方はずいぶん適当な感じがしていたのだろう。しかし、そうは言いつつも自分はそこに命を懸けているんだという覚悟のようなものが、この句からは伝わってくるような気もする。

◉ 辻だんぎ　ちんぷんかんも　長閑《のどか》哉

名句百選30

のんびりした春にはあくびが似合う

春
春雨

春雨に
大欠《おおあくび》する
美人哉

七番日記
文化八年（一八一一年）

この句に詠まれた情景を想像すると笑ってしまう。一茶の句の面白さはあまり小難しくなくて、その場に居合わせたような感じがするところにあると思う。

春の雨というのは、のんきな感じがする。冬の雨は厳しく、秋の雨は寂しさを感じる。夏の雨だと強さが出てしまうけれど、春の雨だと柔らかい感じになる。劇作家の行友李風《ゆきともりふう》が『月形半平太』に書いた「春雨じゃ、濡れて行こう」という有名なセリフがあるが、これも春の雨の柔らかさを表している。正岡子規も「くれなゐの二尺伸びたる薔薇の芽の針やはらかに春雨のふる」と歌っている。

そんな春の柔らかい雰囲気の中で、美人が大あくびをした。「春の海ひねもすのたりのたりかな」という与謝蕪村《よさぶそん》の句は春の海がのったりのったりと寄せてくる情景を詠っている。この句では春の緩やかな雰囲気が大あくびで表されている。

それも美人が大あくびをしている。きれいな人がつい油断をして大あくびしてしまった。それを一茶が見ているのだ。そんな気楽さも、ほんわかとしていて春らしい。春ののんびりとした空気感が伝わってくるユーモラスな句だ。

◉やこらさと　清水飛《とび》こす　美人哉

昔話に託して春を楽しむ

春風《はるかぜ》や
牛に引《ひ》かれて
善光寺

七番日記
文化八年（一八一一年）

春
春風

「牛に引かれて善光寺参り」という諺《ことわざ》を踏まえた句。初句に「春風や」とつけただけだが、それだけで自分の句になってしまう。これは簡単だが、いいやり方だ。

元々、これは善光寺に伝わる昔話らしい。強欲で性悪《しょうわる》なお婆さんが洗濯物を干していたら牛が現れて角に洗濯物を引っ掛けて走り出した。それを追いかけていったら善光寺まで来てしまった。そこでお婆さんは牛が仏様の化身であったと知り、これをきっかけに信心深い人間に変わったという話である。牛を追いかけたら善光寺に着いてしまっていたというのがなんともおかしい。インドでは牛は神聖であり、禅の「十牛図」では牛は真の自己の象徴。

この句は一茶が江戸にいるときに故郷の善光寺を懐かしんで作ったのかもしれない。雪に閉ざされた長い冬が終わり、ようやく春が来て善光寺にお参りに行けるという喜びを表していると見ることもできるだろう。そう考えると「春風や」の初句が活きている。暖かな春風に吹かれながら、のんびり牛に引っ張られるように善光寺までお参りに行く。そういう長閑《のどか》な景色が目に浮かぶ。

◉そば時や　月のしなのの　善光寺（そば時は、そばの花の時。一面の白いそば畑）

無駄なようでも意味があるのが人生

新年
今朝の春

今朝《けさ》の春
四十九《じ》ぢやもの
是《これ》も花

七番日記
文化八年（一八一一年）

これは「四十九ぢゃもの」という言い方に愛らしさがある。当時では相当な歳だ。でも、生きているときが自分の「花」なのだから、四十九になっても花があると言えるのではないかと一茶は言っているのだ。「生きているうちが花なのよ」という言葉もあるが、自分の人生を明るく肯定的に捉えている様子が窺える。

一茶には「月花や四十九年のむだ歩き」という句もある。自分の四十九年の人生はずっと「むだ歩き」だったと言っているのだ。この句の「月」は秋、「花」は春の季語である。二つの季語を重ねることで、俳諧などにうつつを抜かして情熱を傾けている間に四十九年も人生を無駄にしてしまったことを示しているのだろう。

それと同時に、十五歳で奉公に出されて江戸に来て悪戦苦闘を続けてきたことから、自分の四十九年の人生は始終、苦労が絶えなかったと言っているようでもある。単なる遊びの無駄歩きではなかったのだ。そんな人生もまたいいじゃないかという思いが「四十九ぢゃもの是も花」という言葉に込められているのではないだろうか。

◉月花や　四十九年の　むだ歩き

抜けた歯に老いを実感する

秋
きりぎりす

がりがりと
竹かぢ《じ》りけり
きりぎりす

我春集
文化八年（一八一一年）

竹籠《かご》の中のきりぎりすが、竹をガリガリと齧って外に出ようとしているな。その様子を想像すると面白い。当時は虫売りがいて、子どものために親が虫を買うことがあったのだ。

一茶は四十九歳で歯がすべてなくなってしまったらしい。最後に奥歯が一本残っていたが、割った竹で煙管《きせる》の掃除していたところ抜けなくなってしまい、歯で引き抜こうとしたら竹は抜けずに歯が砕けてしまったという。

一茶はそれを「あはれ《わ》あが仏とたのみたるただ一本の歯なりけり。さうな《そ》きあやまちしたりけり」と後悔している。この句はそのときに詠んだものだが、竹が抜けずに歯が抜けたという句にせず、「きりぎりすが丈夫な歯で竹をがりがりと齧っている」としたところが一茶らしい発想だ。「がりがりと」という表現は音まで聞こえてくるようだ。

歯が抜けて固いものが食べられなくなるのは、老いを意識せざるを得ないつらい出来事だ。この句からは、当時の四十九歳がかなりの高齢であったこともわかる。

◉なけなしの　歯をゆるがしぬ　秋の風

日本人の信仰心を伝える風景

秋
草の花

石仏《いしぼとけ》誰が持たせし草の花

七番日記
文化八年（一八一一年）

野原にある石の仏さんに誰かが草の花を持たせているな。手向《たむ》けた人の優しさが伝わってくる穏やかな良句だ。素朴な野仏には素朴な草の花が似合う。信仰心が表れている。草の花であってもお供えをすることによって気持ちが軽くなる。道端の仏様に草の花が供えられているのはよい景色だと思う。

笠地蔵というむかし話がある。貧乏な老夫婦が笠を作り、お爺さんが町に売りに行く。しかし笠はあまり売れず、吹雪の中、家路につく途上でお爺さんは六体のお地蔵さんを見つける。お爺さんは「寒いだろう」と頭に降り積もった雪を払い、売れ残った笠をかけ、足りない一体の分は自分の笠を脱いでかけてあげた。家に帰ってその話をしたら、おばあさんは「良いことをなさいましたな」と、笠が売れなかったことは何も言わずに喜んだ。すると、その日の夜中、家の外で音がするので不審に思って出てみると、たくさんの食料や財宝が積まれていた。遠くに六人の笠地蔵が去っていくのが見えたという話である。

この句もそうだが、昔の日本人の良心がどんなものだったのかがよくわかる。

◉草花を　よけて居《すわ》るや　勝角力《かちずもう》

寒月と鬼瓦の組み合わせの妙を味わう

寒月《かんげつ》や喰《くい》つきさう《そ》な鬼瓦《おにがわら》

七番日記
文化八年（一八一一年）

冬
寒月

冬の冷たく冴《さ》えた月に鬼瓦が喰いつきそうな勢いだ。

鬼瓦は日本家屋の棟の端につける瓦で、装飾や厄除けを兼ねたものだ。今でも昔ながらの日本建築の屋根には鬼瓦を見ることができる。

狂言にも「鬼瓦」という演目がある。これがなかなか面白い。国元に帰る途中の大名と家来が出てくる。大名は国に帰ったらお堂を建てて阿弥陀如来を祀《まつ》る計画を立てていて、その参考にと旅の途中でお堂参りに出かける。ところが、お堂の屋根の上の鬼瓦を見ると突然泣き出してしまう。家来が「どうしたのですか」と尋ねると、大名は「鬼瓦を見て故郷で待つ妻の顔を思い出した。団栗眼《どんぐりまなこ》や団子鼻、大きい口が妻に生き写しだ」といってなおも泣く。それを見た家来は「目出たい旅立ちに涙は不要ですぞ」と慰める。すると大名は泣きやみ、一転して家来とともに大笑いをするという話だ。

この句を見ると、この狂言を思い出して笑ってしまう。冴《さ》え冴えとした冷たい「寒月」と大きい口で「喰いつきさうな鬼瓦」の取り合わせがとてもユニークだ。

◉暑き夜を　にらみ合たり　鬼瓦

◉寒月や　むだ呼《よび》されし　坐《座》頭坊

冬の訪れを告げる三つの寒さ

うしろから
大《おお》寒《さむ》小《こ》寒《さむ》
夜《よ》寒《さむ》哉

秋
夜寒

七番日記
文化八年（一八一一年）

「大寒小寒」というと、「おおさむこさむ　山から小僧がやってきた」という歌（『おおさむこさむ』）や「きたかぜこぞうの　かんたろう　ことしも　まちまでやってきた」という歌（『北風小僧の寒太郎』）を思い出す。どちらも冬の訪れを歌った有名な曲だ。「うしろから大寒小寒」が忍び寄ってくる。そんな夜はいかにも寒そうだ。この「うしろから」の初句が寒さを伝える表現として非常に効いている。また「大寒小寒夜寒」と寒さを表す言葉を三つ続けることで、秋から冬へと寒さが次第に本格的になってきた様子を表している。「夜寒」は、夜にはとくに寒さを感じるようになったという感じだ。「大寒小寒夜寒」は、見た目の漢字の並びも面白いし、声に出してみても語呂がいい。

後ろから襲ってくる寒気というのは印象的だ。恐怖映画などで後ろから何かが近づいてくるのを見ると「背筋がゾクゾクする」と言うが、これは動物の持つ身体感覚だろう。われわれは後ろからやって来るものに対して、怖さや寒さを感じるもののようだ。

◉うそ寒も　小猿合点《がてん》か　小うなづ《ず》き

◉次の間の　灯《ひ》で飯を喰ふ　夜寒哉

名句百選 37

あまりの寒さと貧しさに自分で驚く

合点《がてん》して居ても寒いぞ貧しいぞ

我春集
文化八年（一八一一年）

寒　冬

「わかっていることだけれど本当に寒いし貧しいなぁ」と自嘲《じちょう》気味に詠んだ句だ。昔は「寒い」と「貧しい」はセットだった。日本家屋は夏向きにできていて風通しをよくしているから、すきま風が入って冬が寒い。その寒さに貧しさをより強く感じることになる。チャップリンの自伝に、貧しかった頃、食べたいものもいろいろあったが、なにより温まりたかったということが書かれていた。温かさを求めるのは人間の欲求なのだろう。「寒い」と「貧しい」がセットになるように、「温かさ」と「豊かさ」もセットになっているのだ。

面白いのは「寒いぞ貧しいぞ」という「ぞ」の使い方だ。これはきっと自分自身に言っているのだろう。それも「寒いし貧しいなあ」と嘆くのではなく、「本当に寒いし貧しいな」と自嘲しつつ、それに負けないように「ぞ」で勢いをつけている。「合点」も「合点承知の助《すけ》」という言い方があるように勢いのある言葉だ。

しかし、勢いだけでは寒さも貧しさもしのげない。ユーモアは一茶の俳句の特徴の一つだが、この句にもそれが表れている。クスッと笑える良い句だ。

◉寒き夜や　我身をわれが　不寝番《ねずのばん》

小さな鳥が関八州を豪快に呑み込む

雉《きじ》鳴《なく》や関《かん》八州を一《ひと》呑《のみ》に

七番日記
文化九年（一八一二年）

雉　春

雉は山地や林だけでなく河原などでも見かける馴染みのある鳥だ。非公式だが、日本鳥学会が日本の国鳥として選定しているそうだ。雉の鳴き声は「ケーン」とか「キーン」と表されることが多いようだが、非常に高く鋭い。一茶はその鳴き声を聞いて、まるで関八州を一呑みにするような鳴き方だ、と思ったのだ。

関八州というのは、今の関東地方を八つの地域に分けた言い方で、上野《こうずけ》（群馬）・下野《しもつけ》（栃木）・常陸《ひたち》（茨城）・下総《しもうさ》（茨城、千葉）・上総《かずさ》（千葉）・安房《あわ》（千葉）・武蔵《むさし》（埼玉、東京、神奈川）・相模《さがみ》（神奈川）の八州にわたる広大な地域である。雉の声がそれを一呑《の》みにするというのは、全域に響き渡るということだろう。実際にはありえないが、それほど強く鋭い声だと一茶は感じたのだ。

「鶴の一声」という言葉があるが、この句からは、あたり一面を統括するような雉の声の力強さが伝わってくる。また「関八州を一呑みに」という表現によって、堂々とした壮大な風景が浮かんでくる。小さな鳥と自然の雄大さを対比させた見事な一句だ。

◉ 時鳥《ほととぎす》　花のお江戸を　一呑《ひとのみ》に

名句百選39

海の向こうの極楽浄土に母を想う

無季
雑《ぞう》の句

亡母《なき》や
海見る度《たび》に
見る度《たび》に

七番日記
文化九年（一八一二年）

海の傍《そば》に住んでいる人が海を眺めるたびに亡くなった母親を思い出すという句のように読める。しかし、一茶は信濃の山のほうの生まれだし、母親と海がつながる理由もない。母親は一茶が三歳のときに亡くなっていて、顔を思い出すことさえ難しいのだ。では、なぜ海なのか。おそらく一茶は母親を感覚的に抽象化したのだ。「母なる海」という言葉があるように、すべてを包み込む大きな海のような母の胸に抱かれたかったと思ったのではないだろうか。

もう一つには一茶の宗教観があった。「紫の雲にいつ乗るにしの海」という句がある。臨終になると阿弥陀如来《あみだにょらい》が紫の雲に乗り迎えに来るという浄土教の考え方から生まれた句だが、この「にしの海」とは西方浄土、つまりあの世、極楽浄土である。紫の雲に乗って西の海に渡っていくと、そこには母が待ってくれていると思ったのだ。だから海には自分がやがて行く極楽浄土のイメージもあったのだろう。ちなみに田辺聖子さんは『ひねくれ一茶』の中で、この句は一茶が恋した花嬌という女性に母親が重なり、海の句が初めて口をついて出たと解説している。

◉なむあみだ　おれがほまちの　菜も咲《さい》た

◉紫の　雲にいつ乗る　にしの海

名句百選 40

あえて富士山を端に置いてみる

なの花のとっぱづれ《ず》也ふじの山

七番日記
文化九年（一八一二年）

春
菜の花

菜の花畑のとっぱずれに富士山が見えている。

普通はこういう見方はしないだろう。富士山を真ん中に置いて、菜の花畑が端っこに来るように見る。心の中でイメージするときもそうだし、実際にそこにいても、一番の絶景ポイントは富士山が真ん中に来るような場所になるだろう。ところが、本来は主役であるはずの富士山が視界のはずれに見えているのだ。思い出すのは葛飾北斎の『富嶽《ふがく》三十六景』だ。「神奈川沖浪裏」では、波の向こうに小さく富士山が描かれている。他の絵でも、画面のどこかに富士山が小さく描かれている。富士山という本来の主役が「とっぱづれ」に置かれているところに味わいがあるのである。

この「とっぱづれ」という言葉も面白い。「端っこ」という意味だが、私も小さな頃に使った記憶がある。東京に出てきてからはほとんど聞かなくなった。これは「度を越して外れている」というような、ちょっと乱暴で強めな言い方だ。

黄色い菜の花が一面に咲いている中で「富士山が端っこにちょこんとあるよ」といったイメージだろうか。ぱっと画像が浮かんでくる、とても絵画的な句だ。

◉十月の　窓から不二の　とっぱずれ

◉暮行《くれゆく》や　扇のはしの　浅間山

名句百選 41

富士山なんて関係ないよと鳴く蛙

夕不二に
尻を並べて
なく蛙

七番日記
文化九年（一八一二年）

春
蛙

夕方の富士山に尻を向けて並んだ蛙が鳴いている。雄大な富士山とちっぽけな蛙との取り合わせが面白い句だ。

太宰治は『富嶽百景』という作品で「富士には、月見草がよく似合う」と書いているが、夕方の富士山はとても美しく雄大だ。そんな「夕不二」に、蛙が尻を向けて並んで鳴いている風景を想像すると思わず微笑んでしまう。蛙がなんとも可愛らしく、ユーモラスだ。

この「尻を並べて」というのは、蛙が富士山のほうを向いて並んでいると解釈することもできるかもしれない。しかし、たぶんそうではなく、富士山に尻を向けているということなのだろう。

夕方の富士山が美しいと感じるのは人間の目の働きであって、蛙にとってはどうでもいいことなのだ。だから、富士山がいかにきれいだろうが自分たちには関係ないとばかり、尻を向けて並んでいる。そして、自分たちのしたいように好き勝手に鳴いている。この蛙の自由さ、人間との対比も面白いところだ。

◉夕月に　尻つんむけて　小田の雁

◉夕不二に　手をかけて鳴　蛙哉

名句百選 42

膳の上で日常と非日常が交差する

有明《ありあけ》や
浅間《あさま》の霧が
膳《ぜん》をはふ《う》

秋 霧

七番日記
文化九年（一八一二年）

この句に詠まれた「浅間」とは浅間山のこと。この山は天明三年（一七八三年）、一茶が二十一歳のときに大噴火をする。それが引き金になって天明の大飢饉《ききん》が起こったほどの噴火だった。そんな恐ろしい浅間山だが、一茶にとっては故郷の信濃と江戸を行き来するときにいつも目にする懐かしく馴染み深い山でもあった。

一茶はこの句を軽井沢の宿に泊まったときに詠んだ。まだ夜が明けきらぬうちに朝食をとっていると、浅間山から流れてきた霧がお膳の上を這《は》っていったという、少し不思議な句だ。「はふ《う》」という表現も、霧が生き物みたいで面白い。

浅間山は信仰の対象となる神聖な山だ。その山の一部である霧が、朝食のお膳を這っている。朝食の日常性と神聖な山の非日常性がお膳の上で出合ったという感じがして、ただの朝食なのに荘厳な空気が漂っている。いわゆる一茶らしさとは一味違う幽玄な句ともいえる。私も講演などで地方のホテルで朝を迎えることがあるが、旅先でとる食事は風景と結びついて印象に残りやすい。料理とともにその土地の空気感も味わえるように思うのだ。

◉長閑《のどか》さや　浅間のけぶり　昼の月

名句百選 43

渡り鳥にかけるねぎらいの声

けふ《きよう》からは日本の雁《かり》ぞ楽に寝よ

七番日記
文化九年（一八一二年）

秋
雁

秋になると雁が海を渡って日本に来て越冬をする。その雁に向かって、「今日から日本の雁になったのだから、安心して休みなさいよ」と言っているのだ。「日本の雁」という捉え方が面白い。徳川幕府は鎖国を敷き、幕藩体制によって国内を統治していたが、この頃になるとロシアやイギリスの船が来航するなど、にわかに慌ただしくなってきた。それにより日本を強く意識するようになったのかもしれない。これは「日本は這入口《はいり》からさくらかな」という句とも繋《つな》がる。

渡り鳥というのは、想像力を刺激するものがある。長い距離を移動して生き抜いていく姿が琴線に触れるのだ。雁行《がんこう》というV字を作って飛行するが、ああいう形で飛ぶのは、風の抵抗が抑えられて後ろの雁が楽だからという理由らしい。確かに自転車なども先頭に立つと直接風を受けて大変だが、二番目、三番目になると、抵抗が減って楽に漕《こ》げる。それと同じ理由で渡り鳥はV字の陣形で飛ぶ。そして先頭が順次入れ替わり、一羽も落ちこぼれることなく目的地に辿《たど》り着けるようにしている。「楽に寝よ」と言いたい気持ちがよくわかる。

◉日本の　外ヶ浜迄《まで》　おち穂哉

名句百選44

故郷で命を終えるという決意の一句

冬

雪

是《これ》がまあ
つひ《い》の栖《すみか》か
雪五尺

七番日記

文化九年（一八一二年）

ここがまあ終《つい》の棲家《すみか》になるのか。そんな我が家には雪が積もって五尺になっている。

「深々と雪が積もるこの故郷の家が、自分が命を終えるまで過ごす家になるのだな」という一茶の決意が窺える句だ。一尺は約三十・三センチなので、五尺というと百五十センチ以上も雪が積もることになる。人の背の高さまで雪が積もる故郷で一生過ごす覚悟をしたのだ。この「つひの栖」という言葉が効いている。今、終活という言葉がはやっているが、自分の人生の最後をどのように終わろうとするかは誰にとっても重要な問題だろう。生きていたときに転々と引っ越しをしたとしても、最後は「ここで命を終える」という終の棲家を決めなくてはいけない。地方から東京に出て働いて、最後まで東京で暮らす人もいるだろう。逆に、自分の終の棲家は故郷だと決めて地元に戻る人もいるだろう。

故郷で最後を過ごそうという一茶の決意が「雪五尺」という結句に表れている。一茶は雪深い故郷を象徴する言葉を選んだのだろう。実に俳句らしい終わり方だ。

◉ 秋蝉《あきぜみ》の　終《つい》の敷寝《しきね》の　一葉《ひとは》哉

鼠の姿に都会の風景を描き出す

春風や
鼠《ねずみ》のなめる
角田川《すみだがわ》

七番日記
文化十年（一八一三年）

春
春風

春風が吹く気持ちのいい日に鼠が隅田川の水をなめている。

深川に住んでいた芭蕉は隅田川に面したところに芭蕉庵を構えていたから隅田川は俳人には縁の深い川。深川は本所、両国、蔵前あたりと並び下町に位置するが、ドブネズミがいたのだろう。その鼠が隅田川の水をなめていたというのが面白い。

鼠というのはどこにでも現れる。コロナ禍《か》で緊急事態宣言が出て人間が外出を控えていたとき、いろんな場所で鼠がわがもの顔で歩いているのを見かけた。普段、鼠を街中で見ることなどないのに、何日間か人間がいなくなっただけで、こんなにも出てくるのかと驚いた。どこに隠れているのか、人がいなければ出てくるものなのだ。隅田川に春風が吹いているという光景は、非常に緩やかな感じがする。その風景の中に鼠がいるというのが面白い。大きな隅田川と小さな鼠を対比しつつ、江戸という都会の一風景を切り取った感じがする。それにしても、鼠が川の水をなめるという句は一茶独特だ。こういう発想で俳句を詠んだ人はあまりいないのではないかと思う。

◉ 笹ツ葉の　春雨なめる　鼠哉

◉ 蜻蛉《とんぼう》の　尻でなぶるや　角田川

蝶とたわむれて寂しさを忘れる

手枕や蝶は毎日来てくれる

七番日記
文化十年（一八一三年）

蝶　春

手を折って枕にする。一茶は昼寝をしているのだろうか。そこに蝶が飛んでくる。なんとも長閑《のどか》な風景だ。それが毎日というのだから、よほど暇だったのだろう。大学生の頃、「猫は毎日来てくれる」という経験をした。私はアパートの一階に住んでいて、そこには小さな庭がついていた。窓を開けていたら、猫が毎日遊びに来るようになった。暇を持てあましていた私は、猫と遊ぶようになった。すると猫は部屋にも入ってくるし、外の枯れ草の上で寝たりもした。その枯れ草の上で子どもまで産んだ。毎日遊びに来てくれる猫はかわいかった。

一茶も蝶々が毎日飛んで来てくれるのを楽しんだのだろう。毎日来てくれると生活にリズムが生まれる。介護を受けている人は、デイケアの人が毎日来てくれるとほっとするという。毎日来てくれたり、毎日会う人がいると、寂しさが紛れるだけでなく、生活にも潤いが出てくるのだ。それが蝶々だというのが面白い。この頃一茶は独身だったから、蝶々を見ながら「寂しさを紛らわせてくれる妻がいたらいいのになあ」とでも思っていたのかもしれない。

◉手枕や　小言いうても　来る螢

◉手枕や　ぼんの凹《くぼ》より　とぶ螢

名句百選47

山を見ると気持ちがすっきりする

ゆ《い》うぜんとして山を見る
蛙《かわず》哉

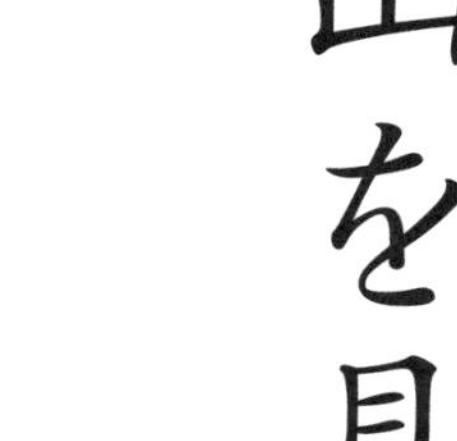

七番日記
文化十年（一八一三年）

春
蛙

一茶には蛙を詠んだ句がたくさんあるが、これもその代表的な一句だ。ヒキガエルが悠然と山を見つめている様子を詠んでいる。蛙がゆったり構えて山を見ているという光景がパッと浮かんでくる。

蛙は何も意識をしていないかもしれないが、山を悠然と見ている蛙には風格が感じられる。先に挙げた「夕不二に尻を並べてなく蛙」では、蛙は富士山に尻を向けていたが、こちらの蛙はしっかり山のほうを向いている。これは陶淵明《とうえんめい》の「飲酒」という詩にある「菊を采る東籬《とうり》の下、悠然として南山を見る」という一節を踏まえているようだ。

自分自身が悠然として山を見るのと蛙が山を見るのでは印象が大きく異なる。蛙は小さくて他愛のないものだ。そんな小さな蛙が冬眠から目覚めて表に出てきて、悠然と山を見ている。その絵を思い浮かべると、気持ちが大きく広がっていく。山を見ると気持ちが大きくなる。宮沢賢治も岩手山を見ると気持ちがすっきりすると言っている。私も富士山を見ながら育ったので、その気持ちがよくわかる。

◉一ッ星　見つけたやうに《よ》　なく蛙

◉大蟾《おおひき》は　隠居《いんきょ》気どりの　うらの藪《やぶ》

名句百選 48

涼しさが呼び覚ました淋しさ

大の字に寝て涼しさよ淋《さび》しさよ

七番日記
文化十年（一八一三年）

夏
涼し

大の字になって寝ていると「涼しいな、でも寂しいな」と感じた。「手足を伸ばして大の字になって寝たい」と言うが、大の字に寝るというのは気持ちがリラックスしている証拠だろう。実際に大の字になって寝てみると、とても開放感がある。ヨガに死体のポーズというものがあるが、これも大の字に似て、すべて投げ出してリラックスするためのポーズだ。

一茶がなぜそんなにリラックスしていたかというと、この頃、長年頭を痛めていた遺産相続問題が一段落したからだ。父親の遺言に従って家も田畑も手に入れることができた。それでホッとした気分になって、大の字に寝転がったのだろう。

大の字になって寝た一茶は、涼しさを感じてゆったりした気分になった。しかし、それとともに寂しさも感じた。このとき一茶はまだ独身で、家族がなかった。悩みが解決された一方で、自分はたった一人なのだという寂しさが襲ってきたのだろう。大の字になって寝てみたものの隣に寝てくれる人もいないと思ったら、一人であることが余計に強調されてしまったのではないだろうか。

◉大の字に　寝て見たりけり　雲の峰

◉大の字に　ふんばたがって　昼寝かな

蟬も人間も恋をせよせよ

恋をせよ
恋をせよせよ
夏のせみ

七番日記
文化十年（一八一三年）

夏
蟬

蟬がみんみんみんみんとうるさく鳴くのは夏の風物詩だ。蟬が鳴き始めると「ああ、夏だな」と思うのが普通の人の感覚だろう。ところが一茶は、蟬に対して「恋をせよ恋をせよせよ」と言っている。これは一茶らしいセンスだ。

七年に一度しか出てこない素数《そすう》ゼミがいる。ずっと土の中にいて七年に一度だけ出てくるというのは自然の不思議だ。しかし、蟬は大変だろう。ようやく出てきたのだから、生きている間に「恋をしなきゃ、恋をしなきゃ、急げ、急げ」という感じにもなるだろう。「せよ」が一つの句に三回も出てくる。これは「早くしなさい」と人間の側が蟬を急《せ》かしている感じもするし、蟬同士で急かし合っている感じもして面白い。

命は短いのだから、若いうちに恋をしなさいと世に言われ、人生には恋する時期があるように思われてきた。しかし、人生百年時代になって、様相が変わってきた。川田順の歌「墓場に近き老いらくの、恋は怖るる何ものもなし」から生まれた「老いらくの恋」という言葉も、どの年齢に使うべきものかわからない時代に入った。

◉夏の蟬　恋する隙《ひま》も　鳴《なき》にけり

名句百選 50

芭蕉の臑をかじって生きる

芭蕉翁の臑《すね》をかぢ《じ》って夕涼《ゆうすずみ》

七番日記
文化十年（一八一三年）

夏
涼み（夕涼み）

芭蕉翁の臑をかじって生きてきた私は、気楽に夕涼みをしているよ。

一茶には芭蕉を詠んだ句がたくさんある。たとえば「ばせを翁《しょう》の像と二人やはり時雨《しぐれ》」という句からは、自分はいつも芭蕉と一緒にいるんだという気持ちが伝わってくる。「親の臑をかじる」とは、親の財産を頼りに食べていくというような意味だ。だから、一茶は親の臑はかじれなかったが、芭蕉の臑をかじって俳諧の道に進んだ。だから、芭蕉翁には及ばないが、臑をかじって食べさせてもらっているんだと言っているのだ。これは今でもよくある話で、ニーチェの研究者なら「ニーチェの臑をかじって夕涼み」ということになる。

一茶が活躍したのは文化文政の頃で、芭蕉はそれよりも前の元禄時代の人だ。元禄は泰平《たいへい》の世の象徴で、庶民文化が花開いた時期だった。井原西鶴《さいかく》もこの時代の人である。文化文政年間は大衆文化が爆発した時代で、同時代には葛飾北斎もいた。一茶だけでなく、芭蕉の臑をかじって生きている俳人は相当数いた。みんなが芭蕉の臑をかじって生きていたのだが、それほど芭蕉は別格の存在だったのだろう。

◉臑《すね》一本　竹一本ぞ　夕涼み

◉旅の皺《しわ》　御覧候へ　ばせを《しょう》仏

昔も今も子どもは物真似が好き

子ども等《ら》が
団十郎する
団扇《うちわ》哉

夏
団扇

七番日記
文化十年（一八一三年）

武士や鬼神などを荒々しく豪快に演じることを得意にしていた歌舞伎役者の市川団十郎の仕草を子どもたちが真似している。当時は団十郎の虎退治などを描いた団扇があったようだ。その団扇を手に持って、子どもたちは団十郎の気分になって真似しているのだ。それを一茶は愉快そうに見ていたのだろう。

宗教学者の山折哲雄先生と対談をさせていただいたとき、子どもの頃にみんなと歌舞伎のセリフを真似して遊んだ記憶があると話されていた。かつて歌舞伎は子どもが遊びで真似するようなものだったのだ。今で言うならば、子どもがミュージシャンの歌を歌うような感覚だったのかもしれない。

NHK Eテレの『にほんごであそぼ』でも、白波五人男の一人、弁天小僧の「知らざあ言って聞かせやしょう」という口上《こうじょう》を取り上げたり、歌舞伎役者の方に出ていただいたことがある。子どもたちは歌舞伎の動きに興味津々《しんしん》で、とても楽しそうだった。切れのいい動きや勢いよくお腹から声を出すことが、今も昔も子どもは好きなのだ。

◉乞食《こつじき》が　団十郎する　秋の暮

◉大根で　団十郎する　子共《供》哉

名句百選
52

障子の穴から天の川を見る斬新な視点

秋
天の川

うつくしや
せう《しょ》じの穴の
天の川

七番日記
文化十年（一八一三年）

障子の穴から見える天の川がきれいだな。

昔、長野県に行ったとき、夜、外に出て寝転がって天の川を見た。いくつもの流れ星が見えて驚いた記憶がある。このように、普通、天の川は外で見るものだが、この句では障子の穴から見ている。この視点は斬新だ。実はこのとき、一茶は病に臥《ふ》せっていたらしい。寝床に横たわったまま障子にあいた穴から天の川を見て、「きれいだなぁ」と感じ入っているのだ。ここには小さな寝床と雄大な自然が対比的に描かれている。正岡子規も病に臥しているとき、「病床六尺、これが我《わが》世界である。しかもこの六尺の病床が余には広過ぎるのである」（『病牀六尺』）と書いた。また、寝たきりの体で「いくたびも雪の深さを尋ねけり」という句も詠んでいる。

一茶の場合は、「せうじの穴」には貧乏という意味合いも込められているのだろう。障子というのは我々の世代には懐かしい。指に唾をつけて穴をあけたり、障子の向こう側で影絵をして遊んだりした。大掃除のときには障子の張替えも手伝ったものだ。障子に穴があいているというのは、昔はよく見られる景色だった。

◉うつくしや　蚊やりはづ《ず》れの　角田川《すみだ》

◉木曽山に　流入《ながれいり》けり　天の川

秋風に吹かれて逃げる螢のあわれ

秋風に歩行《あるい》て逃《にげ》る螢哉

七番日記
文化十年（一八一三年）

秋
秋風

秋の風が吹いてきて飛べなくなった螢が歩いて去っていくよ。

螢は夏の生き物だから秋風が吹いてきたので逃げて行ったということだ。それも飛んで逃げるのではなくて、歩いて逃げていく。夏が終わって勢いを失った螢が歩いてトコトコ逃げていく様子を想像してみると気分がふんわりする。

螢にとっては厳しい季節がこれからやってくる。なんとか生き延びる準備を始めなければならないのだ。人間も同じではないかと一茶は思ったのかもしれない。歳を取り、身に堪《こた》える季節の訪れに備えなければならない。螢を見て、老いの寂しさを感じたのだ。

和泉式部に「物おもへば沢の螢も我が身よりあくがれ出づる魂《たま》かとぞみる」という和歌がある。螢が自分の体から抜け出した魂かと見えたという。螢はそういう幻想的なものとして詠われることもある。しかし、一茶はあえて夏の螢と秋風を組み合わせて、秋風の冷たさに飛ぶことができず、歩いて逃げるしかないという螢の滑稽さを描くとともに、わびしさも感じさせる句を作ったのだ。

◉秋風に　あなた任《まかせ》の　小蝶哉

名句百選 54

「月を取って」と泣く子の愛らしさ

秋
名月

名月を取《とっ》てくれろと泣《な》く子哉

おらが春
文化十年（一八一三年）

名月を見た子どもが「あれを取って！　取って！」と泣いている。

名月は大人にとっては見て楽しむものだが、この子には丸くておいしそうなせんべいのように見えたのかもしれない。だから、どうしても食べたいとせがんで泣いたのだ。あるいは、「あの月は太郎がのだぞ迎鐘《むかえがね》」という句もあるところから、あまりに月がきれいだから、自分の宝物にしたいと子どもがせがんで泣いたのかもしれない。いずれにしても、月を見て「取って！　取って！」とせがむ子どもの姿は想像するだけで愛らしく、いとおしい。この「名月を」を「あの月を」として「あの月をとってくれろと泣子哉」とした句もある。こちらは「取って、取って」という子どもの声が聞こえるようだが、「名月を」とすることによって、より格調が高くなっている。

この場面を絵として想像すると、子どもが横にいて「取って、取って」と泣いているというふうにも考えられるし、おんぶしている子が「あの月、取って！」と言っているようにも考えられる。いろんなイメージが膨らんでくる句だ。

◉あの月を　とってくれろと　泣子哉

◉あの月は　太郎がのだぞ　迎鐘《むかえがね》

名句百選 55

ふんわりと落ちてくる雪がおいしそう

冬 雪

む《う》まさうな雪がふうは《わ》りふは《わ》り哉

七番日記
文化十年（一八一三年）

ふんわりふんわりと降ってくる雪がおいしそうだな。

子どもらしい感情がよく出ている句だ。この句はNHK Eテレ『にほんごであそぼ』でも取り上げて、とても人気があった。ふわりふわりと降ってくる雪は、まるで綿菓子のようにおいしそうに見えるのだろう。

そう思わせるのが「ふうはりふはり」という言葉の語感だ。いかにも柔らかそうな感じがする。先に挙げた、まん丸の月がせんべいのように見えた子どもが「取って、取って」と泣いてせがむ句とイメージは似ているかもしれない。

日本語の「はひふへほ」は、聞く人に柔らかい印象を与える音だ。とくに「ふ」という音は息を吐くようで、とても柔らかい感じがする。「ふうはり」だと、「ふう」と息を吐くように、ゆっくりやわらかく降ってくるイメージだ。「ふうはりふはり」と降ってくる雪は、どさっと落ちてくる重みのある雪とは全く性質の違うものだ。子どもたちが口を開けて雪が落ちてくるのを待っている。そんな絵が目に浮かんでくる句である。

◉雪礫《つぶて》　馬が喰《くわ》んと　したりけり

◉初雪の　ふはふはかかる　小鬢《こびん》哉

名句百選56

変な声で鳴く時鳥に思わずツッコミ！

夏
時鳥

どこを押せばそんな音《ね》が出ル時鳥《ほととぎす》

随斎筆紀
文化中期

どこを押したらそんな声が出るんだい、時鳥よ。

時鳥が鳴いたけれど鳴き声がおかしかったのだろう。押したら音が出るという発想が斬新《ざんしん》だ。押すと「こんにちは」「おはよう」といった声が出るおもちゃの人形があるが、そういうイメージで想像してみると面白い。

この句を見たとき、まるでお笑いコンビの錦鯉《にしきごい》の漫才のようだと思った。時鳥が変な鳴き声を出したので、「どこを押したらそんな変な声が出てくるんだよ！」と、すかさず一茶がツッコミを入れる。時鳥がボケの雅紀さんで、一茶がツッコミの渡辺さんだ。そう考えたら、俳句にもツッコミ俳句とボケ俳句があるのではないかと思った。同時に、一茶にはツッコミ俳句が多いことに気がついた。たとえば、「冷《ひや》し瓜《うり》二日たてども誰も来ぬ」という句がある。これは「冷し瓜を二日前から準備しているけど、誰も来ないじゃねえかよ」と一茶が自分で自分にツッコミを入れているような句だ。そういうボケとツッコミという観点から一茶の俳句を見ていくと、新たな面白味が見つかるかもしれない。

◉声の出る　薬ありとや　ほととぎす

◉冷《ひや》し瓜《うり》　二日立てども　誰も来《こ》ぬ

蝸牛《かたつぶり》

◉夕月や大肌《はだ》ぬいでかたつぶり

◉古郷《ふるさと》や仏の顔のかたつむり

◉並んだぞ豆つぶ程な蝸牛

◉蝸牛見よ見よおのが影ぼふ《う》し

◉でで虫の捨家《すていえ》いくつ秋の風

◉雨一見《いっけん》のかたつぶりにて候よ

蜻蛉《とんぼ》

◉御祭の赤い出立《でた》ちの蜻蛉哉

◉蜻蛉《とんぼう》や二尺飛《とん》では又二尺

◉馬の耳ちょこちょこなぶるとんぼ哉

◉町中や列を正して赤蜻蛉

◉遠山が目玉にうつるとんぼ哉

◉蜻蛉《とんぼう》が鹿のあたまに昼寝哉

五、文化後期

52〜56歳（1814〜1818年）

・52歳　借家から生家へ移る。菊と結婚
・54歳　長男・千太郎誕生も、翌月に死去
・56歳　長女・さと誕生

密な時を楽しむ子どもたち

雪とけて村一ぱいの子ども哉

七番日記
文化十一年（一八一四年）

冬
雪解

雪がとけて春になり、冬の間、外に出られなかった子どもたちが村の広場のような場所に集まってきていっぱいになった。

そんな春が来た喜びを詠んだ句だ。私はこれに似た光景を見たことがある。小学校に入った頃、一年生が七クラスあり、一学年で二百五十人ほど、六学年では千五百人ぐらいの生徒がいた。だから授業の合間の休み時間になると、運動場が子どもたちで溢《あふ》れ返った。壮観なものだった。

「皆《みんな》出て来い来い来い」という歌（『証城寺《しょうじょうじ》の狸囃子《たぬきばやし》』）があるが、子どもは誰かが外に出るとつられて外に出てくる。そして、みんなが集まるとお祭りみたいに楽しくなってくる。二〇二二年夏の甲子園大会で優勝した仙台育英高校の須江《すえ》航《わたる》監督が「青春って、すごく密なので」と言った。コロナ禍で外出が制限され、「三密」という言葉が合い言葉のようになったが、そもそも青春とは密なものなのだ。この句を見ると、それは今も昔も変わらないのだなと思う。みんなが外に出て春を楽しむなら自分も、という楽しい気分が伝わってくる。

◉ 初雪や　一二三四　五六人

名句百選 58

一歩ずつ前進するものへのメッセージ

春

行く春

やよ虱《しらみ》
這《は》へ這《え》へ春の
行方《ゆく》へ

七番日記
文化十一年（一八一四年）

やあ虱よ、春の行くほうへ這って行きなさいよ。

虱に対して、「這っていけ、這っていけ」とメッセージを送っている。どこへ行けというのかというと、春の行くほうへ這っていきなさい、と言っている。「虱潰《つぶ》し」という言葉があるぐらいだから、当時は虱がたくさんいたのだろう。最近は虱がたかったという話は聞かなくなった。せいぜい親猿が子猿の虱を取ってあげる風景を見るぐらいのものだろう。

虱に「春の行くほうへ這っていけ」というのは、すぐに絵が浮かんでくる。暖かくなってきたので虱が孵化《ふか》して這い出してきたのだろう。何よりも、歓迎されるものではない虱にエールを送るような句を詠むというのが一茶らしい。

一茶の句には、「御雛をしゃぶりたがりて這子《はう》かな」、「這へ笑《え》へ二ツになるぞけさからは」というように、「這う」や「這え」という言葉がよく使われる。「這う」という言葉には、小さなものが一歩ずつ地面に沿って進んでいくというイメージがあって、とても庶民的な感じがする。

◉あら玉の　とし立《たち》かへ《え》る　虱《しらみ》哉

猫はぐいぐいといびきをかく

陽炎《かげろう》にぐいぐい猫の鼾《いびき》かな

七番日記
文化十一年（一八一四年）

春
陽炎

ゆらゆらと陽炎が立つ春、猫の「ぐいぐい」といういびきが聞こえてくる。

これも擬音語の使い方が面白い句だ。この「ぐいぐい」は「すいすい」と言い換えている句もある。また、「ぐいぐい」ではなく「くいくい」と読むのが正しいとする説もあるようだ。いずれにしても、一茶は猫のいびきを聞きながら、この句を詠んだのだろう。

沖縄のほうに行くと、猫が駐車場に停めてある車のボンネットの上で寝ている風景をよく見る。猫の数も多いし、町中でもゆったりしていて、人間が近づいても逃げ出したりしない。「沖縄の猫はくつろいでいるな」という印象を抱いたものだ。しかし、都会では最近、猫が日向《ひなた》でのんびりといびきをかきながら寝ている姿を見ることは少なくなった。大都会ではそもそも外で猫を見る機会が減っている。

萩原朔太郎《さくたろう》の詩集『月に吠《ほ》える』に「猫」という詩がある。空に三日月がかかる夜に二匹の黒猫が屋根の上で出会って挨拶を交わす様子を描いた詩だ。そういう猫の屋根の上の交流も見られなくなったと思うと、ちょっぴり寂しい気持ちになる。

◉陽炎に　何やら猫の　寝言哉

◉うかれ猫　奇妙に焦《じれ》て　参りけり

かつて労働と歌は一体だった

欠《あくび》にも節の付《つき》たる茶つみ哉

七番日記
文化十一年（一八一四年）

春
茶つみ

歌いながら茶つみをしていると、あくびにも節がついてしまったよ。

「あれに見えるは茶摘《ちゃつみ》じゃないか／あかねだすきに菅《すげ》の笠」という歌（『茶摘』）があるが、昔は労働と歌がセットになっている風景がいろいろなところで見られた。「エンヤコラ」と掛け声をかけて、みんなの力を合わせることもあった。

体のリズムと歌のリズムがセットになっていると疲れにくい。呼吸を仲立ちにして歌と体のリズムが一つになって、リズミカルな動きになるからだ。すると脳内にセロトニンという物質が分泌されて、体をリラックスさせてくれるのだ。

心理学者のチクセントミハイが唱えた「フロー」という概念がある。自分の技術とチャレンジがちょうどいいバランス状態になると、高い集中力を保ちながら自分を完全にコントロールできる「流れ」の状態になるというのだ。いわゆる「ゾーンに入る」のである。歌いながら仕事をすると、そういう精神状態に入りやすくなるということだろう。

そんな歌だけでなく、あくびにまで節がついているというのが面白い。

◉茶鳴子《なるこ》の　やたらに鳴ルや　春がすみ

名句百選 61

年の差婚に感じた気恥ずかしさ

五十聟《むこ》天窓《あたま》をかくす扇かな

夏 扇

文化十一年（一八一四年）真蹟

五十すぎて婿《むこ》になったのが恥ずかしくて扇で頭を隠してしまったよ。

一茶は五十二歳の春に初めて結婚をする。妻の菊は二十八歳で、二十四歳も違う年の差婚だった。当時の二十八歳は晩婚ではあるけれど、それでも相当な差があるから、一茶には気恥ずかしさもあったのだろう。思わず扇で白髪頭を隠してしまったのだ。その様子を想像すると面白い。

髪には年齢が出る。白髪になる人もいれば、髪が抜けて薄くなる人もいる。五十といっても今の五十歳よりずっと老けていただろう。しかしここからようやく一茶の家庭生活が始まるのだ。この遅すぎる結婚について、一茶は「我身につもる老いを忘れて、凡夫の浅ましさに、初花に胡蝶《こちょう》の戯る丶《る》が如く、幸《さち》あらんとねがふ《う》ことのはづ《ず》かしさ」と書いている。さらにこの歳になってまで家庭を持つことを諦めきれなかったのは、何かしら前世の因縁があるのではないかと言っている。

当時の寿命を考えれば、五十を過ぎての結婚は感慨もひとしおだったろう。しかし、一茶はまだまだ元気で、ここから五人の子どもを授かるのである。

◉小座頭《ざとう》の　天窓《あたま》にかむる　扇かな

◉蜱《こおろぎ》の　巣にはいつなる　我白髪《わがしらが》

名句百選 62

小さなものはかわいいという心性

秋

萩

猫の子のかくれんぼする萩《はぎ》の花

七番日記
文化十一年（一八一四年）

猫の子が萩の花でかくれんぼをしているよ。

子猫が萩の小さな花の間から見え隠れしている様子がかくれんぼをしているように見えた。それを擬人化《ぎじん》するところが一茶のセンスだ。

近年、日本のカワイイ文化が世界に発信されているが、その根底にあるのは小さなものをかわいらしいと見る日本人の心性だと思う。たとえば清少納言は『枕草子』の「うつくしきもの」として「瓜《うり》に描きたるちごの顔。雀の子の、ねず鳴きするに踊り来る」というように挙げている。それらはどれも小さなものである。猫がかわいいのも、子どものときの顔のまま大人になるからだと言う人もいる。

サトウハチローの『かわいいかくれんぼ』という詞がある。その中にも「ひよこがね／おにわでピョコピョコかくれんぼ／どんなにじょうずにかくれても／きいろいあんよがみえてるよ」とある。ひよこという小さなものがかくれんぼをしているのがかわいい。そうしたものをかわいいと思う感性が日本人には具《そな》わっているのだろう。

◉猫の子や　秤《はかり》にかかり　つつざれる《戯》

◉茶の花に　隠《かくれ》んぼする　雀哉

名句百選 63

空書きで一体化する自然と自分

青空に指で字をかく秋の暮《くれ》

七番日記
文化十一年(一八一四年)

秋
秋の暮

この句は読んだままの意味だが、「青空に指で字を書く」というのは着想が面白い。空書きといって空間に字を書く。秋の暮れは寂しいものだが、天に向かって字を書いていると、気持ちが晴れ晴れとする。また、空に文字を書いていくと、自分自身が空と一体化した気分になる。字という文化的なものと自然が融合していくような感じだ。

石川啄木《たくぼく》に「不来方《こずかた》のお城の草に寝転びて空に吸《わ》はれし十五の心」という歌がある。「寝転んで空を見ていると、十五歳の心が空に吸われていった」というのだ。同じく啄木には「大といふ字《う》を百あまり砂に書き死ぬことをやめて帰り来《きた》れり」という歌もある。「大という字を砂の上にたくさん書いているうちに落ち着きを取り戻して、死ぬのをやめて帰ってきた」というのである。

私も気がつくと、話をしながら手の指が動いていることがある。「何やってるの?」と言われて初めて気がついたのだが、思い浮かんだ文字を空書きしていたのである。なぜするのか理由はわからないが、自分でも不思議な感じがする。

◉一人通ると　かべに書く　秋の暮

名句百選

64

冬の大根が物語を紡ぎ出す

大根引《だいこひき》

大根《だいこ》で道を

教《え》へけり

冬

大根

七番日記

文化十一年（一八一四年）

「畑で大根を引き抜いていた農夫が道を聞かれて大根で方向を示して教えていたよ」という、素朴でユニークな句だ。

私はこの句から「跡隠の雪」というむかし話を思い出した。旅のお坊さんが貧しい一人暮らしの老婆の家に一夜の宿を乞う。しかし、家にはもてなすものが何もない。そこでお婆さんは地主の畑に行き、手を合わせて干していた稲を少し抜き、隣の畑からは小さな大根を抜き取った。それを使って団子汁を作って振る舞うと、お坊さんがおいしそうに食べた。お婆さんは喜んだが、ふと戸の隙間から外を見ると、雪の上には足跡がしっかりついていた。明日には自分が盗んだことがわかって村を追い出されるかもしれない。そう覚悟をしたが、朝起きてみると新雪が足跡をすべて隠していた。お坊さんはお婆さんに「あなたは善い行いをした。仏さまは許してくれるでしょうし、これからは幸運を授けてくださるはずです」と言って去っていった。するとそれからお婆さんには良いことばかりが起こり、幸せな人生を送ることができたという話だ。

◉大根を　丸ごとかぢる　爺哉《じじい》

独身者の年末の寂しさを詠う

独《ひとり》身《み》や上野歩《ある》行《い》てとし忘《わすれ》

七番日記
文化十一年(一八一四年)

冬
年忘れ

「ひとりで上野を歩き回って年忘れをしようか」という独り身の寂しさを感じさせる句だ。上野は北の玄関口と呼ばれて、現在は動物園や美術館があって人出も多い。しかし、江戸時代の上野は地味な町だったようだ。もちろん御徒町も今のような町ではなかっただろう。上野界隈《かいわい》は年末でも静かで、明かりも少なかったのかもしれない。近くにある吉原がこれ以上ないほどの華やかな町だったから、陰と陽が一層際立つ様子だったのではないだろうか。

そんな上野の町をひとりで歩き回って年忘れをする。独身で故郷を離れて江戸住まいをしている一茶には、一緒に忘年会をするほどの友達もいなかったのだろう。みんなが賑やかに忘年会で盛り上がっている年末に、寒々しい庵《いおり》に独り身でいるのは寂しい。それなら、静かな上野の町を歩き回って年忘れしようか、ということなのだろう。

これは結婚しない人の増えた今の時代でも、そのまま通用する句ではないかと思う。

◉ わんといへ《え》　さあいへ《え》犬も　とし忘れ

運の良し悪しは天に任せる

筍《たけのこ》の
うんぷてんぷの
出所《でどこ》哉

七番日記
文化十二年（一八一五年）

夏
竹の子

「タケノコがどこに出るかは運次第」という句。当たり前なのだが、面白さがある。タケノコ掘りをしたことがあるが、タケノコというのは本当にいろんなところから出てくる。これがよさそうだというタケノコを掘るのだが、多くのタケノコの中からそうやって見つかってしまったタケノコは運が悪かったというしかない。「うんぷてんぷ」は漢字で「運否天賦」と書くが、声に出したときの音が面白い。運は最初から決まっているから天に任せるしかない、といった意味の言葉だ。タケノコもどこに出るかは運次第で、運が悪いと掘られて食べられてしまう。しかし、掘られずにある程度大きくなれば放っておかれるので、すくすくと立派な竹に成長することができる。

高校時代に文化祭の催しで、仮装行列のようなことをやった。その小道具を作るために、竹林に行って竹を伐《き》った記憶がある。竹の生命力は非常に強いらしく、地中深くまで根を張って引き抜こうと思っても抜けない。それほど生命力が強い竹も、運が悪いとタケノコのうちに食べられてしまうというわけだ。

◉筍の　憎《にくま》れ草も　伸支度《のびじたく》

どこでも桜が咲いている日本

日本は
這入《はいり》口から
さくらかな

七番日記
文化十二年（一八一五年）

春
桜

日本は這入り口からもう桜が咲いているよ。この「這入口」とは、おそらく長崎のことだろう。かつて一茶は西国への俳諧修行の折、寛政五年（一七九三年）の暮れに長崎を訪れ、ここで年を越している。当時は鎖国の時代だったが、長崎は日本が外に向けて開いた唯一の港だった。まさに日本への「這入口」だったわけだ。

先に「けふからは日本の雁ぞ楽に寝よ」という句を取り上げたが、この頃は藩の意識が強いから、「日本」という言葉を使う人は今より少なかった。この句には、そういう時代に日本全体を見渡しているようなスケールの大きさがある。

海外から長崎に上陸するとそこには桜が咲いている。日本の入口で桜が迎えているよということだ。桜は万葉時代から日本の象徴であった。今では世界中の人が日本の桜を認めている。「這入口からさくらかな」という表現には、日本では入口からいきなり桜が咲いていて、全国どこへ行っても桜が咲いているんだよというイメージが湧いてくる。桜前線という言葉を意識させてくれるような句でもある。

◉日本は　ばくちの銭も　さくら哉

◉ふらんどや　桜の花を　もちながら

真っ直ぐばかりではない、風も人生も

涼風《りょうふう》の
曲がりくねって
来たりけり

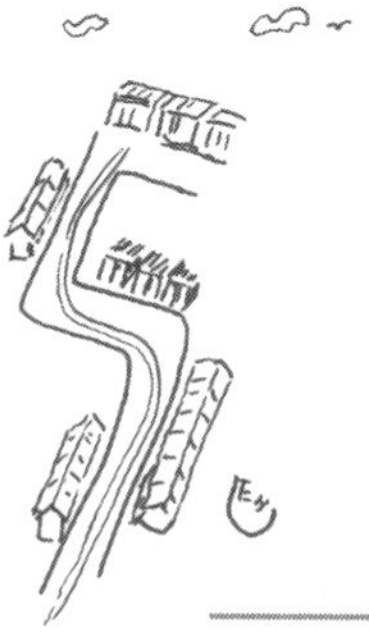

七番日記
文化十二年（一八一五年）

夏
涼し（涼風）

涼しい風が曲がりくねってこの家までやってきた。

「曲がりくねって来たりけり」という表現が面白い。単に風が吹いてきたというのではない。風が意思を持ってうねうねと動いてやってきたというのだ。お客さんが入り組んだ路地を何度も曲がって家を訪ねてくるように、風が路地を曲がり曲がりして家まで吹いて来たのだ。

この句の前書きには、一茶が江戸に住んでいた頃を思い出して詠んだものだと書かれている。当時、一茶は入り組んだ路地の突き当たりにある長屋に住んでいた。だから、風通しは決してよくなかったに違いない。まさに涼しい風も曲がりくねった路地を通って、ようやく自分の家まで吹いてくるという感じだったのだろう。

同時に、この風の通る道筋は一茶の人生の歩みに重ねられたものだろう。一茶自身の人生も、真っ直ぐ平坦な道を歩くようなものではなかった。どちらかと言うと、うねうねと曲がりくねった人生だった。そういう細い道を曲がり曲がって歩いてきた一茶の境涯が、この句には投影されているように思える。

◉涼風も　隣の松の　あまり哉

名句百選69

愛らしい猫の振舞いに心癒される

冬
落ち葉

猫の子がちょいと押《おさ》へるおち葉哉

七番日記
文化十二年（一八一五年）

「猫の子が落ち葉をちょっと押さえているよ。かわいらしいなぁ」と詠《うた》っている。猫は猫じゃらしが大好きだが、秋に木の葉がクルクル回りながら落ちてくると、それを取ろうとしてジャンプしたり、後ろ足で立ち上がったり、一心不乱に追いかける。失敗しても、捕まえられるまで何度も繰り返す。

そして、ようやくピタッと押さえることに成功すると、「捕まえたぞ」と自慢げな顔をしてみせる。「ついにやってやったぞ」というような鼻高々な様子を見せて、実に満足そうな顔をする。

一茶はその様子をずっと見ていたのだろう。こんな風景は、今はなかなか見ることができなくなったが、平和で幸せな風景が浮かんでくる。確かに、猫がじゃれて遊んでいる姿はこの上もなくかわいい。見ているだけで気持ちが癒やされる。一茶はそんな猫を見ながら日々の無聊《ぶりょう》を慰めていたのかもしれない。

一茶には猫を詠み込んだ句が三百以上もあるという。本当に猫が好きなのだ。

◉猫の子が　ちょいと押へ《え》る　おち葉かな

◉風のおち葉　ちょいちょい猫が　押へ《え》けり

名句百選70

落ち葉は秋風がくれた贈り物

冬
落ち葉

焚《たく》ほどは風がくれたるおち葉哉

七番日記
文化十二年（一八一五年）

焚いているのは風が運んできてくれた落ち葉だよ。

落ち葉を集めて落ち葉焚きをしている風景を詠んだ句だ。佐藤春夫の「海べの戀《こい》」という詩に「こぼれ松葉をかきあつめ／をとめのごとき君なりき／こぼれ松葉に火をはなち／わらべのごときわれなりき」とある。落ち葉を集めて焚くことを「落ち葉焚き」という。「かきねの かきねの まがりかど たきびだ たきびだ おちばたき」という『たきび』の童謡でもおなじみだ。

昭和三十年代や四十年代には、秋の夕方によく焚火をやっていた。風が吹いて落ち葉がたまると、それを焚いて温まる。焼き芋を焼くこともあった。秋の風が吹いてくると寂しさを感じるけれど、その風が落ち葉をくれる。この見方は面白い。

宮沢賢治は『注文の多い料理店』の序文で「これらのわたくしのおはなしは、みんな林や野はらや鉄道線路やらで、虹や月あかりからもらってきたのです」と書いている。それに倣《なら》えば、この一茶の句は秋の風からもらってきたと言ってもいいだろう。風が集めてくれた落ち葉で落ち葉焚きが始まる。長閑《のどか》ないい風景だ。

◉やよ烏　赤いおち葉を　踏《ふむ》まいぞ
◉おち葉して　けろりと立《たち》し　土蔵哉

名句百選 71

弱い側を応援して自らも奮い立つ

痩蛙《やせがえる》まけるな一茶是《これ》に有《あり》

七番日記
文化十三年（一八一六年）

蛙　春

有名な句だ。この「痩蛙」という言葉はいかにも一茶らしい。『浅黄空』の前書きに、たたかいを見て、とある。蛙の中にも、強いのや弱いのがいるのだろう。繁殖期になると、メスを巡ってオス同士が争う。弱い蛙はそこで負けてしまうのだろう。一茶は自分が弱いほうに属する人間だったから、判官《ほうがん》びいきのように「痩蛙」に向かって「頑張れよ。ここに一茶がいるからな」と声をかける。「まけるな一茶是に有」という一茶の口調は、「応援しているから負けるなよ」と弱い者同士が一緒に戦っているような感じもして、とてもほほえましいものがある。

この句は、一茶の父の命日である五月二十一日に作ったものだと書かれている。その日にたまたま蛙の戦いを見たのだ。そして自分に似た「痩蛙」を応援する。これは、亡き父に向けて「自分も痩蛙みたいなものですが、なんとか頑張って生きていますよ」と報告しているようにも見える。また「是に有」という言葉からは、「自分はここにいるぞ」「忘れるなよ。ここに俺がいるんだ」という強烈な主張や気概も感じられる。

◉ 時鳥《ほととぎす》 なけなけ一茶 是《これ》に有《あり》

短くなった丈は成長のあかし

夏
袷（初袷）

たのもしやてんつるてんの初袷《はつあわせ》

七番日記
文化十三年（一八一六年）

「初袷」とは、冬衣を脱いでその年初めての袷に着替えること。その初袷で子どもに着物を着せたら「丈が短くなっていた」と詠っている。初袷が「てんつるてん」になったのは、この年の四月に生まれた一茶の長男の千太郎だ。初めて着た袷の丈がもう短くなったと、子の成長の早さを喜んでいるのだ。「てんつるてん」は「つんつるてん」とも言う。着物の丈が短くなって足が出ているような姿を表している。成長していく子どもを見る一茶の喜びが伝わる。

これとは逆に、兄や姉のおさがりを着せられて、ぶかぶかになっている子どももかわいいものだ。女優の広瀬すずさんは、まだ無名の頃、お姉さん（広瀬アリス）の制服のおさがりを着てオーディションに行っていたと聞いたことがある。

古今亭志ん生は、ズボラで貧乏暮らしだったが、ある時カスリの着物を見て、「うん、子供にこんなのを着せてやったら、さぞよろこぶだろうなァ。ようし、オレも働いて、こんな着物ォ、大いばりで着せてやれるようになろう」と改心した（『びんぼう自慢』）。子どもは、やる気の原動力だ。

◉はつ袷　にくまれ盛《ざか》りに　はやくなれ

名句百選 73

子どものエネルギーは無尽蔵

わんぱくや
縛《しば》れながら
よぶ螢

七番日記
文化十三年（一八一六年）

夏
螢

子どもが悪さをして木に縛られていたのだろう。縛り付けられた子どもはおとなしくしているのが普通だが、この子は「ほうほうほたるこい」というようにして蛍を呼んでいる。きっとわんぱくな男の子なのだろう。

今では子どもを木に縛ったりすると虐待だと大騒ぎになるが、縛られているのに蛍を呼んでしまう子どものたくましさを目に浮かべるとかわいいなと思う。わんぱくぐらいがちょうどいいのだという教育論が唱えられたこともあるが、わんぱくな子は体の内側から湧き出してくるエネルギーがすごいのだ。

これは犬なども同じで、三歳ぐらいまではものすごくわんぱくだ。駆けずり回って、もみ合って、飽きることなく遊んでいる。しかし、五歳ぐらいになるとハタとおとなしくなる。そういう姿を見ると、子ども時代はエネルギーを放出するのが大事なのだと感じる。

わんぱく小僧という言葉があるように、縛られても蛍を呼んでしまうこの子はメンタルも強いだろう。生きる力を感じさせてくれる句である。

◉ 螢見や　転びながらも　あれ螢

名句百選 74

長閑な農村の日常風景を描く

昼飯をぶらさげて居るかがし哉

秋 案山子

七番日記
文化十三年（一八一六年）

昼飯をぶらさげている案山子《かかし》（かがし）だな。

農民が畑仕事に出るとき、昼飯を持っていって畦道《あぜみち》で食べるのだろう。その弁当を案山子の手にぶら下げたり、腰に巻き付けたりしておく。そんな長閑《のどか》な風景だ。昔のことだから、弁当は藁《わら》や木の葉で包んでいただろう。そのまま道端に置いておくと、鳥たちが飛んできて食べられてしまうこともあったかもしれない。そこで弁当が狙われないように案山子に括《くく》りつけて見張り番をさせているのだ。案山子に括りつけておけば、鳥も怖がって狙わないということだろう。案山子に驚く鳥たちもかわいらしいが、その様子を想像してみると、まるで案山子が弁当をぶら下げて仕事しているようにも見える。

この句は、案山子が自分で昼飯をぶら下げているように詠んでいるところに面白味がある。顔にへのへのもへじが書いてあったりして案山子はそもそも滑稽なものだが、弁当をぶら下げていることによって余計おかしな姿になっている。長閑な風景の中で働く農民の日常がよく描かれていて、ほっとするような句だ。

◉姥捨《おばすて》は　あれに候と　かがし哉

名句百選 75

老人仲間に入る悔しさと楽しさと

くやしくも熟柿《じゆくし》仲間の坐につきぬ

七番日記
文化十三年（一八一六年）

秋
柿（熟柿）

固い柿を食べるには、しっかりした歯が必要だ。歯が弱ってくると、熟した軟らかい柿しか食べられない。自分もいよいよ歯がダメになって老人の仲間に入ることになってしまった。それがなんとも悔しい、と一茶は詠んでいる。老人が集まって、みんなで熟柿を食べている姿を想像すると面白い。「固い柿は俺たちにはもう無理だよ」と言いながら、熟した柿や干し柿を食べているのだろう。

山梨のほうでは桃がたくさん採れる。最近は軟らかい桃が好まれるが、生産農家の人たちは固いうちに食べると聞いた。この句の老人たちも、若い頃は固い柿を食べていたのだろう。それが食べられなくなったことに一茶は老いを感じて、悔しがっているのだ。

その一方で、一緒に熟柿《じゅくし》を食べる仲間がいるのは嬉しいことだ。私の叔父も六十を過ぎてから麻雀仲間ができて、毎日同じメンバーで麻雀を打って楽しそうだった。仲間がいると寂しくない。だから、悔しいと言いながら、老人仲間の集まりに加わって一緒に時間を過ごすことは一茶にとって楽しみでもあったに違いない。

◉ 浅ましや　熟柿《じゅくし》をしゃぶる　体《てい》たらく

猫を真似れば恋はきっとうまくいく

寝て起《おき》て大欠《おおあくび》して猫の恋

七番日記
文化十四年（一八一七年）

春
猫の恋

「猫の恋」をテーマにした連作の中の一句。春先に猫が鳴いているのを聞いて、恋の季節がやって来たと一茶も思ったのだろう。犬にも恋するシーズンがあるが、動物の発情期はオスとメスを前面に出して実に積極的である。

猫が寝て起きて、そして大あくびをする。猫は恋に備えて体力を蓄えているのだ。十分に寝て起きたら「さあ、恋でもするか」という感じで動き出す。普通であれば、恋と大あくびは結びつかないが、食欲、睡眠欲、性欲が三大欲求といわれるように、食べて寝て、恋をするのは生き物にとってごく自然なことなのだ。

これは現代の日本の問題を念頭に置くと、より一層面白い句に感じられる。先般、二十代男性の四割が異性とのデート経験がないという調査結果が出た。SNSが発達して連絡が取りやすいはずなのに、どうしたのだろうと不思議に思ってしまう。若い人を見ると、遠慮がちになっている感じがする。この句の猫のように、寝て起きて大あくびして、「さて、デートでもするか」と気楽に構えていたほうがうまくいくのではないだろうか。

◉山猫も　恋は致《いた》すや　門のぞき

◉うかれ猫　どの面《つら》さげて　又来たぞ

蛙《かえる》

◉梅の花笠にかぶって鳴蛙《なくかわづ》

◉星の歌よむつら《面》つきの蛙かな

◉草かげや何をぶつくさゆふ《夕》蛙

◉入相《いりあい》は蛙の目にも涙哉

◉花びらに舌打《したうち》したる蛙哉

◉蛙なくや始《はじめ》て寝たる人の家

◉夕陰《ゆうかげ》や連《つれ》にはぐれてなく蛙

◉同音に口を明《あけ》たる蛙かな

◉人来たら蛙《かえる》となれよ冷し瓜《うり》

◉古草《ふるくさ》のさらさら雨やなく蛙

◉おれとして白眼《にらめ》くらする蛙かな

◉親蛙ついと横坐《座》に通りけり

六、文政期

57〜65歳（1819〜1830年）※一茶は1827年没

・57歳　長女・さと死去。『おらが春』執筆（翌年に稿本／出版は一茶の死後）
・58歳　次男・石太郎誕生
・59歳　次男・石太郎死去
・60歳　三男・金三郎誕生
・61歳　妻・菊死去。三男・金三郎死去
・62歳　雪と再婚するも離婚。中風再発し、言語障害に
・64歳　ヤヲと再々婚
・65歳　大火に遭い、土蔵暮らしに。5か月後、死去

名句百選77

手にすると歩きたくなる不思議な扇

手にとれば歩《あるき》たく成る扇哉

夏
扇

七番日記
文政元年（一八一八年）

扇を手に取ると歩きたくなる。普通であれば、扇を手にすれば煽《あお》いで涼みたくなるものだ。しかし、一茶は「歩きたくなる」と詠んでいる。手に持ったら歩きたくなる扇というのは不思議だ。これは、気分がウキウキしてくるということなのだろうか。

実はこれは、妻の菊が二番目の子どもを出産するというときに詠んだ句なのだ。その二年前に一茶は長男の千太郎を亡くしている。当時はいろいろな原因で子どもが幼くして亡くなることが多々あった。千太郎の死を一茶も菊も悲しんだが、二番目の子どもが生まれてくるというので一茶は大喜びしているのだ。

このとき一茶は五十六歳。この歳で子どもができるのが嬉しくてたまらなかったのだろう。だから、男の子が道に落ちていた木の枝を拾って振り回しながら歩くように、扇を手にしたら歩きたくなってしまったのだ。また、この扇は天狗《てんぐ》が持つ大きな団扇《うちわ》を連想させる。天狗はこの団扇で魔術的な力を発揮するが、一茶も扇を手にすると体にエネルギーが漲《みなぎ》るように感じたのかもしれない。

◉又扇　貰《もら》ふやいなや　おとしけり

◉扇にて　尺を取《とり》たる　ぼたん哉

名句百選78

子どもの成長を喜び、応援する

這《は》へ笑《え》へ二ッになるぞけさからは

七番日記
文政元年（一八一八年）

新年
今朝の春

昔は数え年だったから、正月が来ると一つ歳をとる。生まれたときが一歳で、正月が来たら二歳になる。五十六歳でもうけた長女のさとが初めての新年の朝を迎えた時の喜びの句。この句の前に、娘に一人前の雑煮膳を出したとある。当時は、お正月のめでたさと歳が一つ増えるめでたさが重なっていた。だから、「這って笑って、どんどん成長しろよ。もう今日から二歳なんだからね」と言っているのだ。

誕生日は区切りだから、そこから新しい段階に進んでいくということだろう。子どもの成長スピードは早いから、見落としたくないという気持ちもあると思う。「この子が這っている姿が見られるのは今だけだ」と。

この年、この娘さとは伝染病で亡くなる。その悲しみは『おらが春』に記されている。

当時は病気や災害などで子どもが育つのがなかなか難しかった。親にとって、子どもはまさに宝だったのだ。

◉門の蝶　子が這へ《え》ばとび　はへ《え》ばとぶ

見ていないのに懐かしい日本の原風景

新年

羽つき

つく羽を犬が加《くわ》《咥》へてもどり《参り》けり

七番日記

文政元年（一八一八年）

正月に子どもたちが羽根つきをしていたら落ちた羽根を犬が咥《くわ》え戻ってきたよ。

正月らしい楽しい句だ。犬というのは基本的に性格のいい生き物だ。私も犬を飼っているが、客が来ると必ず顔を見せて、「一緒に遊んでください」とまとわりついたり、「お腹を撫《な》でますか?」という顔をしてゴロンと仰向けになったりして楽しませてくれる。

この句では、子どもと犬が自然に一体化して遊んでいる。犬が羽根を咥えて戻ってくるのは当たり前だと思うかもしれないが、実際に今、そんな風景を見ることはほとんどないだろう。そんな見たこともない江戸時代の遊びの風景を、私たちは原風景として感じる。日本人なら誰でも見たことのある情景のように思う。これは、私たちが生まれてから経験した以上のことを原風景として引き継いで生きているということなのだろう。犬が子どもと一緒に遊んでいる風景は幸せの象徴であり、それを詠んだ句を「ああ、正月らしい長閑ないい句だな」と感じるDNAを持っているのではないかと思うのだ。

◉つく羽の　転びながらに　一ッかな

短い人生、無駄にしてはいけない

なまけるな
いろはにほへと
散桜《ちるさくら》

七番日記
文政元年（一八一八年）

桜　春

寺子屋で子どもたちが「いろはにほへと」の手習いから勉強を始める。それを「なまけるな」と言っている。なぜかと言えば、「人生というのは桜の花があっという間に散ってしまうように短いものなのだから」というのである。いろは歌には、花も散る諸行無常の世なのだから、酔ったりせず生きよという意味もある。

人生は短いものだから無駄にしてはいけないということを教える格言に「少年老い易く学成り難し」や「一寸の光陰軽んずべからず」といったものがある。いずれも子どもたちに人生というものを教える際の大切な教訓だ。この一茶の句は、これらの言葉を下敷きにして詠んだものとも考えられる。その意味では、昔も今も変わらない普遍性を持った句と言えるかもしれない。

「いろはにほへと」を使った句としては、久保田万太郎の「竹馬やいろはにほへとちりぢりに」が有名だ。

◉はつ雪や いろはにほへと 習声《ならう》

名句百選 81

故郷の大きな自然の情景を詠む

春

山焼

山焼《やまやき》の
明りに下る
夜舟哉

七番日記
文政元年（一八一八年）

山焼きの明かりが夜を照らす。その中を夜船が川を下っていく。山焼きの明かりと夜船が川を下っていく様子が対比的に描かれている。

与謝蕪村に「菜の花や月は東に日は西に」という大自然を詠み込んだ句があるが、一茶のこの句はそれを連想させる。情景として美しいのはもちろんだが、なぜかとても懐かしく感じさせるのが一茶らしい。闇に浮かぶ光は絵画的だ。ゴッホの「夜のカフェテラス」、マグリットの「光の帝国」は、光と闇の対比が美しい。

山焼きの明かりと言えば、京都の大文字《だいもんじ》焼きが有名だが、山焼きは信濃地方ではよく見られた風景のようだ。千曲川《ちくまがわ》や犀川《さいがわ》といった大きな川を利用して、夜に船で物資輸送をする仕事をしていた人々がいた。

ちなみに、信州の山焼き、野焼きには、一万年前の縄文時代からの伝統があることが、黒ボク土の分析から指摘されている。直接この句に関係しているわけではないが、一万年を想像すると時間のスケールが大きくなる。

◉豊年の　ほの字にやけよ　しなの山

◉山焼や　夜はうつくしき　しなの川

名句百選 82

中ぐらいでいいと思えば心は穏やか

目出度《めでた》さも
ちう位《くらい》也《なり》
おらが春

新年

おらが春（我が春）

おらが春

文政二年（一八一九年）

「目出度さ」のレベルがいろいろあるとすると、正月は「とてもめでたい」と普通は思うだろう。ところが、一茶は「中ぐらいでいい」という。自分の身は阿弥《あみ》陀《だ》様にお任せしているから、ほどほどでやっていきたいという思いなのだろう。『おらが春』の序文はこの句でしめくくられる。序文からは、ある僧侶のように初春の法衣を着て特別な新年を迎える（上位）のでも、一般の世俗の人のように鶴亀のような長寿を望む（下位）のでもなく、平常通りのあばら屋で門松も立てずにあるがままに新年を迎える（中位）のだと読みとれる。苦労が多く、最高の人生だったとはとても言えなかった。だからこそ多くを望まず、中ぐらいでちょうどいいと一茶は思うようになったのだろう。

　この「ちう位也」という言葉は、人を穏やかな気分にさせる。欲望に任せてがつがつ行くのではなく、「このぐらいがちょうどいい」というラインを教えてくれる。「中庸」を「中位」と言うと、親しみやすい。

◉ 老が身の　直《ね》《値》ぶみをさるる　けさの春

名句百選83

「虚」と「実」の境にある真実

春
雀の子

雀《すずめ》の子
そこのけそこのけ
御馬が通る

八番日記
文政二年（一八一九年）

数ある一茶の句の中でも最もよく知られる名句である。ちゅんちゅん鳴きながらかわいく遊んでいる雀の子に「そこをどきなさい。お馬さんが通るから危ないよ」と声をかけている。そんな情景がすぐに目に浮かぶ。この「御馬」は、子どもの竹馬を大名の馬に見立てたものとされる。しかし、実際の大名の馬が通ると想像したほうがより面白い。

近松門左衛門が「虚実の被膜」と言っている。「虚」と「実」が入り混じった境に芸術の真実があるということだ。おそらく一茶もこの句のような場面を実際に見たわけではなく、雀が遊んでいるところに大名行列が来たらこうなるだろうとイマジネーションを働かせたのだろう。すると「そこのけ、そこのけ」は「お馬が通って危ないから、そこをどいたほうがいいよ」というだけでなく、「大名の御馬が通るから、そこをどけ（そこを退き去れ）」と大名の従者が町民を人払いする様子をからかっているようにも思える。大名の御馬より雀の子を気遣うのが一茶だ。

◉それ馬が　馬がとやいふ《う》　親雀

◉寝返りを　するぞそこのけ　蛬《きりぎりす》

名句百選 84

愛らしい句の裏にある物悲しさ

我と来て遊べや親のない雀

おらが春
文政二年（一八一九年）

春
雀の子

これもよく知られている句だ。「自分のところに来て、一緒に遊びなさいよ、親のない雀さん」と子雀に呼びかけている。親のいない子雀を見て、「寂しいだろう、一緒に遊びなよ」と言っているのである。この「遊べや」という言い方は、一茶の生まれた北信濃地方の子どもが使う方言だそうだ。

元々、この句は「我と来て遊ぶや親のない雀」というものだった。その「遊ぶや」を「遊べや」に変えている。「遊ぶや」とすると「一緒に遊んでいる」という事実を言っている感じになる。それを「遊べや」にすることによって、子どもが「ねえねえ、こっちに来て遊ぼうよ」と言っている感じに近くなる。

この親のない孤独な雀には、一茶の幼少期が投影されている。一茶は母親が早くに亡くなって、継子として育てられた。継母との関係はあまりよくなく、寂しい幼少期を送ることになった。一茶には自分も親のない子雀みたいなものだという気持ちがあったのだろう。そんな背景を知ると、愛らしい句の裏にある物悲しさが伝わってくる。

◉我と来て　遊ぶや親の　ない雀

◉雀《すずめ》子《こ》の　はやしり《知》にけり　かくれ様《よう》

名句百選 85

知り合いの知り合いの知り合いは、みな知り合い

花の陰
赤の他人は
なかりけり

八番日記
文政二年（一八一九年）

春 花

花見で宴会をしていると、みんな他人ではなかったな。これは「知り合いの知り合いは、みんな知り合い」のようなことを詠った句だ。花見の席で隣の人と話をしてみると「ああ、あなたの知り合いを知っていますよ」といったことがわかってきて親しくなる。そういう柔らかい雰囲気の漂う句である。

与謝野晶子に「清水へ祇園をよぎる桜月夜こよひ逢う人みなうつくしき」という歌がある。桜月夜では、通りで出会う人はみな美しいという歌だが、これも同じような感覚だろう。

以前、電車に乗っていたら、荷物を抱えたご婦人が乗って来て、座席に座ったと思ったら急に隣の女の人と話を始めるのを見た。知り合いなのかと思って見ていたのだが、話の内容からそうではなさそうだった。私は、見知らぬ他人といきなり親しく話ができる二人の女性の雑談力のすごさに感心してしまった。「袖振り合うも多生（他生）の縁」というが、そういう感覚で人と接すれば、すべての人と繋《つな》がっていると思えるということなのだろう。

◉けふ《きょう》は花　見まじ未来が　おそろしき

蟻の行列はどこから来るのか

夏
雲の峰

蟻《あり》の道
雲の峰より
つづきけり

八番日記
文政二年（一八一九年）

蟻の道が雲の峰よりずっと続いているよ。

この「蟻の道」というのは、蟻の行列のことだろう。その行列がずっと続いている。いったいどこから続いているのだろうかと一茶は想像を巡らし、「ああ、きっと雲の峰からずっと続いてるんだな」と思いついたのだ。

蟻というのはいくら見ていても飽きないものだ。詩人の三好達治が蟻を観察して「蟻が／蝶の羽をひいて行く／ああ／ヨットのや《よ》うだ」という詩（「土」）を書いている。蟻をじっと見ていると、蝶の羽を引いているのを見つける。その姿はまるでヨットのように見えた。すると、途端にそこは大海原のように見えてくる。これも想像力の賜物である。蟻は小さな生き物だけれど、その行列はどこまでどこまでも続いていて「雲の峰から来ているに違いない」と思うのは、壮大な想像力だと思う。「つづきけり」と、わざわざ「けり」という詠嘆の助動詞を使っているところも大仰でいい。「そんなわけないだろ！」とツッコミが入るところだが、そんなふうにボケて見せる面白さもある句だと思う。

◉ 投出した　足の先也　雲の峰

名句百選
87

大螢がゆっくりと飛ぶ幻想的な風景

夏
螢

大螢
ゆらりゆらりと
通りけり

八番日記
文政二年（一八一九年）

大きな螢が通っていく。その様子を一茶は「ゆらりゆらり」と表現している。螢であっても大きなものになると、貫禄十分にゆったりとしているということを「ゆらりゆらり」という言葉で表しているのだろう。螢の飛ぶ様子を「ゆらりゆらり」と表したのはとても面白いと思う。この語感から、螢が左右にゆっくり揺れながら通っていく幻想的な風景が目に浮かんでくる。

俳句の面白さは、わずか十七音の語感によって情景が目に浮かんでくるところにある。私には大螢がゆっくり目の前を通っていくのを見たという記憶はない。それなのに、「ゆらりゆらりと通りけり」と言われると、スローモーションのようにゆっくりと螢が飛んでいくのが「わかる」のだ。「ああ、わかるわかる」という感じだ。たとえて言えば、お相撲さんがゆったりゆったり歩くような感じだろうか。これと対比される「痩螢《やせ》ふはり《わ》ふはり《わ》とながらふも《う》」という句がある。こちらは痩螢だから、風に流されて「ふわりふわり」と飛んでいる。これも「わかる」気がするのだ。

◉大螢　行け行け　人のよぶうちに

◉痩螢《やせ》　ふはり《わ》ふはり《わ》と　ながらふる

名句百選 88

儚さを重ねて想像の世界で遊ぶ

萍《うきくさ》の花からのらんあの雲へ

八番日記
文政二年（一八一九年）

萍 夏

浮き草に咲いている花から、あの雲に飛び乗ってみようか。なんともメルヘンチックな句だ。根が水の中に伸びているだけの浮き草は、頼りない。そこに咲いている花はさらに儚《はかな》いものだ。そんな花から雲に飛び移ることなどできるはずもないのだが、そういう想像を働かせることが面白いのだ。

雲は、水に映った雲ともとれるが、「あの」雲なので、空の遠い雲ととるのが自然か。普通の大人なら、浮き草という頼りないものに咲く花というさらに頼りないものから雲にまで上っていきたいなんて考えない。しかも、そこに飛び移るための発射台として、一番頼りなさそうな浮き草に咲く花を使おうというのだ。その雲も湧いたり消えたり、これほど頼りないものはない。こうしてみると、すべてがふわふわしている。一茶はこのとき、自分はこの世の中に合わないという鬱屈《うっくつ》を抱いていたのではないだろうか。そんな気持ちを紛らわすために、想像の世界で遊んでいたのかもしれない。ちなみに、小津安二郎監督の『浮草』は、旅芝居一座の浮草のような生き方を描いた名作。

◉萍《うきくさ》や　花咲く迄《まで》の　うき沈《しずみ》

◉萍《うきくさ》や　浮世の風の　いふ《う》なりに

名句百選 89

子を喪った悲しみは言葉にならない

露の世は
露の世ながら
さりながら

おらが春
文政二年(一八一九年)

秋
露

一茶が娘のさとの死を嘆き悲しんで詠った句だ。「この世は露のように儚いことはわかっていたけれども、そうは言っても、あまりにも儚すぎるじゃないか」と一茶は悲嘆に暮れているのだ。

さとは疱瘡《ほうそう》（天然痘）で亡くなった。一時は小康《しょうこう》状態になり、回復の兆しが見えたらしいが、結局は助からなかった。誕生してから一年あまりの悲劇だった。この間の経緯については、「おらが春」の中に詳しく書かれている。

子どもを喪《うしな》うことは親にとって一番の悲しみである。哲学者の西田幾多郎も我が子を六歳で喪った悲しみについて「我が子の死」という文章を残している。「今まで愛らしく話したり、歌ったり、遊んだりしていた者が、忽《たちま》ち消えて壺中の白骨となるというのは、如何なる訳であろうか」と言い、「深く己の無力なるを知り、己を棄てて絶大の力に帰依する時」、救われるとしている。「さりながら」というのは「そうであるけれども」という意味。儚い世とはいえ、これではあまりにも切なすぎるということである。

◉露の世は　得心ながら　さりながら

名句百選 90

地方出身者の覚悟と意地を示す

椋鳥《むくどり》と
人に呼《よば》るる
寒さ哉

八番日記
文政二年（一八一九年）

秋
寒し

地方から出稼ぎで江戸に来ていた人たちを江戸の人は「椋鳥」と呼んで馬鹿にした。しかし、一茶はこの言葉を気に入り、自分を「信濃の椋鳥」と称した。地方出身者にはそれなりの覚悟と意地がある。私も高校を卒業して東京に出てきたとき、「ここでこれから一人でやっていくんだ」と思った。故郷の静岡にいれば家族がいるし、知り合いも多い。しかし、東京では自分のことを誰も知らない。その意味では私も出稼ぎに来たようなものだったのだ。

一茶は自分を信濃から来た椋鳥だと自覚することで、江戸の人には作れない俳句が作れるのではないかと思った。風流や風雅、芭蕉のわびさびとも違う、ゴツゴツした手で自然をつかみ取るような俳句ができると信じていた。「痩蛙まけるな一茶是《これ》に有《あり》」のイメージから華奢《きゃしゃ》な人なのかと思いきや、意外にも大男で、考え方も骨太だった。一茶は江戸に対する憧れとコンプレックスを両方とも持っていた。江戸への愛着の句が多い一方で、この椋鳥の句のように都会の冷たさを詠んだ句もある。この相反する思いは、上京経験のある人には共感されるはずだ。

◉田の雁や　里の人数《にんず》は　けふ《きょう》もへる

名句百選 91

他力本願の教えに救いを見出す

ともかくも
あなた任せの
としの暮

おらが春
文政二年（一八一九年）

冬

行く年（年の暮）

とにもかくにも、すべて阿弥陀様にお任せするしかないな、年の暮れは。江戸の人たちにとって、年の暮れは頭の痛い時期だった。ツケで買ったものの借金の取り立てがすべてやってくるからだ。一年の総決算の時期だったのだ。

そんな年の暮れをどう乗り越えて来年を迎えようかというときに、一茶はすべて「あなた任せ」にしようと決めた。この「あなた」とは阿弥陀様のことである。この年、愛娘を亡くし、一茶は悲嘆にくれていた。それを救ってくれたのが、親鸞の他力本願の教えだった。だからこそすべてを「あなた任せ」にして、次の年を迎えようとしたのだ。我が子を喪った悲しみは筆舌に尽くしがたいものだ。先述したように、西田幾多郎も愛児《あいじ》を喪って悲しみに打ちひしがれ、自らの無力を悔やんだ。しかし、親鸞《しんらん》の他力本願の教えに触れ、こうすれば救えたのではないかという思いも自力の思い上がりだと気づく。親鸞の他力本願の教えは、本当の悲しみに至った人ほど沁《し》みるものなのかもしれない。

◉ともかくも　あなた任せか　かたつぶり

雨中の大名行列を皮肉った句

づぶ濡れの大名を見る巨燵《こたつ》哉

冬
巨燵

八番日記
文政三年（一八二〇年）

雨でずぶ濡れになっている大名行列を暖かい炬燵《こたつ》に入って見ている。

普段、威張っている武士たちが参勤交代の大名行列でずぶ濡れになって歩いている。その様子を自分たちはぬくぬくとした炬燵で気楽に見ている。大名行列と炬燵を並べる発想力がすごい。しかも武士たちは雨に濡れているのに、自分たちは炬燵で温まっている。武士と庶民の立場が完全に入れ替わってしまっている。

一茶の家は柏原という街道沿いの宿場町にあった。そこには大名が宿泊する本陣もあり、参勤交代の大名行列はよく見られる風景だった。そのせいか、一茶には大名行列を詠んだ句がいくつかあるが、そこに見られるのは一茶の皮肉な視線である。この句からも、「こんな土砂降りの日にご苦労さん。俺は気楽なもんだよ」という反骨精神が感じられる。前に取り上げた「雀の子そこのけそこのけ御馬が通る」という句も、「大名行列のお馬が威張って通るから、こっちによけときなさいよ」と皮肉を込めて言っているのだ。あるがままを好んだ一茶にとって、大名行列はいかにも大げさで面倒臭いものだったのだろう。

◉涼まんと　出《いず》れば下に　下に哉

◉梅ばちの　大挑灯《おおぢょうちん》や　かすみから

生きているだけで丸儲け

ことしから
丸儲《もうけ》ぞよ
娑婆《しゃば》遊び

八番日記
文政四年（一八二一年）

新年
今年

年が明けて今年からは丸儲けだな、これからは気楽にやらせてもらうよ。

前年の十月十六日に一茶は脳卒中で倒れ、死に直面した。しかし、そこからなんとか回復して年を越すことができた。その心境を一茶は「我身を我めづ《ず》らしく生れ代りて、ふたゝ《た》び此世《このよ》を歩く心《ここ》ちなん」と言い、この句を元旦に詠んだ。「娑婆」は仏教用語で「俗世間」。苦しみの多い現世のことだ。しかし、せっかく生き延びたのだから極楽浄土へ行くまではこの娑婆で遊ばせてもらいますよ、と言っているのだ。この「娑婆遊び」という言葉は面白い。

私も四十五歳ぐらいの頃、何冊も本を書き、テレビに出たり講演をしたりと働き詰めだった時期がある。その結果、過労で入院することになってしまった。そのとき、「もう少しで死ぬところだったかもしれない」と思ったら、その後は余生のような気がして、何事も気楽にやればいいと思うようになった。

明石家さんまさんが「生きてるだけで丸儲け」と言っているが、病気をしても失敗をしても、生きているだけで丸儲けだととらえると非常に気持ちが楽になる。

◉ことしから　まふ《も》け《う》遊びぞ　花の娑婆

名句百選 94

「打たないで」と蝿が拝む

やれ打《うつ》な
蝿《はえ》が手をすり
足をする

梅塵本八番日記
文政四年（一八二一年）

夏
蝿

蝿の手足をよく見ると、ギザギザしているのがわかる。それゆえにどこにでも止まっていることができるのだ。しかし、手足にゴミがつくと止まりにくくなる。そこで「手をすり足をすり」してゴミがつかないように常にきれいにしているのだろう。その様子が一茶には「打たないでくれ」と懇願しているように見えた。確かに手を擦り合わせている様子はお願いしているように見える。蝿が「殺さないでください」と拝んでいると思うと、かわいそうになって簡単に打てなくなる。

一茶には蝿を詠んだ句が多い。それだけ当時は蝿が多くて、大変だったのだろう。今は蝿も少なくなったが、私が子どもの頃にはまだ家でも食堂でも蝿取り紙がぶら下がっていた。それにたくさんの蝿がついているのを見ながら、ご飯を食べたこともある。今の人は「不潔だ、汚い」と感じるだろうが仕方なかったのだ。江戸時代はもっと大変だっただろう。だから、こういう句が生まれたのだ。手を合わせて拝んでいる蝿を見るとかわいそうで殺せないというところに一茶の優しさが出ている。

◉蝿一つ　打《うっ》てはなむあみ　だ仏《ぶつ》哉

◉打て打てと　逃《のがれ》て笑ふ《う》　蝿の声

子どもが子どもを子守する

栗拾ひ《い》
ねんねんころりと
云《いい》ながら

秋 栗

文政句帖
文政五年（一八二二年）

女の子が小さな子どもを背負って「ねんねんころりよ　おころりよ」と子守唄を歌いながら栗を拾っている。今はもう見られない風景だが、昭和三十年代ぐらいまでは、こんな光景を見ることができた。戦前は、女の子が子どもを背負って学校に来ることも珍しくなく、授業中に「子どもがおしっこをした」と、外で着替えさせることもあったようだ。当時は子どもが多かったので、子どもが子守をするのが当たり前だった。子どもが子どもを育てていたのだ。「夕焼小焼のあかとんぼ　負われて見たのはいつの日か」という『赤とんぼ』の歌がある。この赤とんぼを見た子どもは、子守の女の子に背負われているのだ。そんな時代だったから、「ねんねんころりよ　おころりよ」をはじめとして、それぞれの地方に子どもをあやすための子守唄があった。

しかも、この女の子は子守をしながら栗拾いまでしている。昔はそういう働き者の子どもがたくさんいたのだ。「ねんねんころりよ」と歌いながら栗を拾うのは大変だったろう。でも、とても大事なことをしていたのだなと思う。

◉やきぐりを　噛んでくれろと　出す子哉

まっさらなところに戻る

新年
春立つ

春立《たつ》や
愚の上に又《また》
愚にかへ《え》る

文政句帖
文政六年（一八二三年）

「愚かに生きて来た自分であることよ」と自らを笑っているような句だ。「愚禿親《ぐとく》鸞」という言葉がある。親鸞が自分は自力での悟りというものに遠い人間（凡夫）であるという意味で、自らを「愚」と称したのである。一茶は浄土真宗の信徒だったから、この句には親鸞の影響もあるかもしれない。

高校時代の美術の時間に、般若《はんにゃ》と能面《のうめん》の顔を混ぜたような絵を描こうと思ったことがある。悪戦苦闘した結果、なんとも言えない仕上がりになってしまった。私はその絵の上に緑色の絵の具で大きく「愚」と書いて提出した。なかなか珍しい絵にはなったと思うが、先生は困っただろう。

しかし、「愚の上に又 愚にかへる」というのは、なんだか楽しい気分になる言い方だ。人には誰でもどこかしら愚かしく馬鹿気たところがあるだろう。そんなふうに愚を重ねて来たのに、性懲《しょうこ》りもなく正月早々また愚に帰るというのである。その意味では、愚とはスタート地点みたいなもので、まっさらなところに戻るということでもあると思うのだ。

◉つくねんと 愚を守る也 引《ひき》がへる《え》

名句百選97

長閑な光景に忍び寄る悲劇

鶏《にわとり》の
坐敷を歩く
日永《ひなが》哉

文政句帖
文政六年（一八二三年）

春
日永

鶏が座敷を歩いている、日が長くなったことだなぁ。

春の日の風景を詠んだ長閑《のどか》な句。昔の田舎の家では庭先に鶏がいるのが珍しいことではなかった。その鶏が座敷に勝手に上がり込み座敷を歩いていたのだろう。

私は夏休みになると、お茶を栽培している近所の農家に泊まりがけで遊びに行っていた。そこではお茶の葉を踏んだり、豚の背中に乗ったりしたが、やはり庭に鶏がいて自由に動き回っていた。今振り返っても、のんびりとした景色だった。

しかし、こんな呑気《のんき》な風景の背後では大きな悲劇が一茶を襲っていた。妻の菊が病に倒れ、五月に三十七歳の若さで亡くなってしまったのだ。それだけではない。十二月には三月に生まれたばかりの三男・金三郎まで亡くなる。長男・千太郎、次男・石太郎、長女・さとに続き、菊との間にもうけた四人の子は全員早逝《そうせい》してしまった。

五十を過ぎてようやく人並みの幸せを手に入れたかに見えた一茶だったが、再び孤独の中に取り残されることになったのだ。

◉鶏の　人の顔見る　日永哉

名句百選 98

ひたひたと胸に迫る究極の孤独

もともとの一人前ぞ雑煮膳

新年
雑煮（雑煮膳）

文政句帖
文政六年（一八二三年）

元々一人前だった雑煮の膳がまた一人前になってしまったな。

妻も子も亡くなってしまって、また一人ぼっちになってしまったという寂しさを詠んだ句だ。みんなで食事をしていたときの楽しさが失われ、元々の一人前の膳になってしまった悲しみが伝わってくる。

江戸時代の食卓は一人一膳が当たり前で、大皿によそってみんなで分けて食べるということは少なかった。五十二歳でようやく結婚して、子どももうけて、家の中が賑やかになった時期もあったのだが、子どもには次々に先立たれ、妻も亡くなり、残った子も同年に喪って、また一人のお膳に戻ってしまったのだ。

孤独の時代を長く過ごしてきた一茶だが、家庭生活を経て、また一人になった。それは結婚していない時代の孤独感とは全く違うものだっただろう。一時は家庭の温かさを知っただけに、余計に寂しさが募ったはずだ。

しかし、一茶はそれを受け止めて、このような句を詠んだのだ。「また一人になってしまったな」という究極の孤独感が胸に迫る。

◉秋風や　家さへ《え》持たぬ　大男

名句百選 99

秋風が一人飯の寂しさを募らせる

淋《さび》しさに
飯をくふ《う》也
秋の風

秋
秋風

文政句帖
文政八年（一八二五年）

寂しさに飯を食っている。そこに秋の風が吹いている。端的すぎる句だが、一茶の人生が染み入っているようだ。「さびしさに飯をくふ」というと、寂しい心で飯を食べているともとれるし、寂しさをおかずに食べているとも言えるだろう。俳句は助詞の使い方に面白味がある。「寂しさに飯を食う」というのは普通の日本語ではない表現だが、なぜかわかる気がする。これが「涼しさに飯を食うなり夏の風」だったら感じ方が違ってくるはずだ。その意味で「秋の風」も効いている。昔の人は一年が一生であるという感覚だったろう。一つの生命が冬で終わり、新年を迎えて新たな生命が生まれる。秋は一年の終わりに近づく寂しい季節だ。そこに吹く風によって、一茶は寂しさを一層募らせたのだ。

「さんま苦いか塩っぱいか」で知られる佐藤春夫の『秋刀魚《さんま》の歌』という詩がある。男が物思いにふけりながら一人でさんまを食べているという侘《わび》しさが漂う詩だ。一茶も一人でご飯を食べていて、急に寂しくなったのだろう。妻と子どもを亡くした後だから、その寂しさは尋常ではなかったことだろう。

◉ 淋《さび》しさや　西方極楽　浄土より

◉ 淋しさに　蠣殻《かきがら》ふみぬ　花卯木《うつぎ》

どんな苦境も吹き飛ばす笑いの力

やけ土のほかりほかりや蚤《のみ》さはぐ

書簡
文政十年（一八二七年）

夏 蚤

焼けた土がほっかりほっかりと温かいから蚤が騒ぎ出したな。畑焼きか焚火《たきび》でもしているような呑気な風景が浮かんでくる。しかし、この句はこの年の六月に柏原で起きた大火事の後に詠んでいるのだ。この火事で母屋が全焼したため、一茶は焼け残った土蔵に住まうことになった。その土蔵が蚤だらけだったのである。そんな大変な状況なのに、こんなに軽やかで呑気そうな句を詠むところが一茶の真骨頂だ。軽みとかおかしみも俳句の持つ一つの魅力だ。その精神が一茶にはしっかりとあって、どんな悲惨な状況でもふっと力が抜けて笑ってしまうような句を詠む。孤独な中でも自分自身を笑い、苦しさを笑い飛ばしてしまう。そういう力が俳諧にはあるということを示したのが一茶だと思う。これは一茶のメンタルが非常に強かったということでもある。

十五歳で奉公に出てからさまざまな苦労を重ねてきた。その末に火事で家を失うのだが、それすらも笑い飛ばしてしまうのが一茶の句なのだ。そんな一茶もこの年の十一月十九日、この蚤の出る土蔵で亡くなる。六十五歳の生涯だった。

◉痩蚤《やせのみ》に　やけ石ほたり　ほたり哉

◉痩蚤《やせのみ》の　かはいや留主《るす》に　なる庵《いおり》

あとがき

俳句の小林一茶は、短歌の石川啄木と並んで、その作品が覚えられやすいという意味で「国民的詩人」と呼んでいいでしょう。私も小学生の頃には、「雀の子　そこのけそこのけ　御馬が通る」とか「やれ打《うつ》な　蠅が手をすり　足をする」という句を知っていました。おそらく日本中の人たちが同じように、いつ出会ったのかわからないほど幼い頃に、一茶と出会っているのです。そういう俳人はそれほど多くいません。芭蕉の句も多くの人に親しまれていますが、親しみやすさという点では、一茶はその上を行っているように思います。

一茶は、生涯に二万以上の句を詠みました。本書には、その中から私が覚えやすいと思った句を百句選んでいます。選んでみてつくづく感じるのは、一茶は現代の私たちに大変貴重な贈り物をしてくれたなということです。それと同時に、私たちは一茶からの贈り物をしっかり受け取っているだろうかと考えました。

多くの人が一茶に抱くイメージは、小さな生き物に味方して応援する心優しい句を詠んだ人といった感じでしょうか。私も最初はそういうイメージで一茶の句に触れました。しかし、一茶の人生はそれほど穏やかなものではありませんでした。

現代は生きづらさを感じる人が増えていると言われますが、一茶の人生をたどると、自分はまだ恵まれているほうだと思うに違いありません。幼い頃に母親を亡くし、継母と折り合わずに家を追い出され、父の死後に遺産相続でもめて、五十歳を過ぎるまで結婚もできなかった。やっと結婚して穏やかな生活を送れるかと思いきや、四人の子どもを次々に亡くした上に奥さんまで亡くなってしまう。そして最後は、母屋が焼失して土蔵暮らしになって死んでいくのです。こんな壮絶な人生があるだろうかと思うほどです。

一茶に『おらが春』という句文集があります。そこに「露の世は　露の世ながらさりながら」という句が収められています。「この世の中は露のように儚いものだとわかってはいる、そうではあるけれど……」と、幼い子どもを喪った悲しみ、やりきれない心境を詠んでいます。この「さりながら」という五字が私の心に強く残りました。

一茶の人生は苦難の連続でした。でも、その間につくった句には、おかしみ、軽みというものが全く失われていません。私はここに一茶の心の強さ、胆力といったものを感じます。また、そこに一種の「芸人魂」のようなものを感じるのです。芸人さんは、よく自分が貧しかったことを面白いエピソードとして話します。辛いことを笑い話に変えて話す、いわば「逆転の表現力」によって、自分自身の心の不安を笑い飛ばしてしまいます。そんなメンタルの強さを一茶にも感じるのです。

このような軽みのある胆力を一茶は俳諧によって身につけていったように思います。たとえば、「梅がかや　どなたが来ても　欠茶碗」という句があります。「欠茶椀」は貧しさの象徴ですが、誰が来ても欠茶椀でお茶を出すという情景にはおかしみがあります。「木つつきの　死ねとて敲《たた》く　柱哉」という句も、それ自体が明るいわけではありませんが、作品として読むと面白味を感じます。

こういう面白味は、一茶が五七五という短い音数に自分の心境を凝縮して、それを軽やかに表現しているところから生まれているように思います。そして、そのような表現を生むためには、自分の心から一歩距離をとって、自分を客観的に見つめなければなりません。この心と距離をとるというあり方は、生きづらさを感じるという人にも参考になるでしょう。

レジリエンス（復元力）という言葉があります。これは、ちょっとへこんでも、いつまでも落ち込んでいないで元に戻る力です。一茶は、このような軽やかな俳句を詠むことで、へこんだ心を元に戻してきたのではないでしょうか。現代風に言えば、「レジリエンスの技」というものを俳諧で鍛えたのではないかと思うのです。

俳諧というのは一つの精神文化です。一茶はこの精神文化を芭蕉から継承しました。精神文化は、移ろいやすい心と違って安定しています。その安定したものの上に心が乗っかることによって、心の強さを手に入れることができるのです。この一茶の軽み、おかしみのある精神的な強さが、今、現代人に求められているように感じます。私たちも、一茶の作品を通して彼が芭蕉から引き継いだ精神文化を継承することができます。それによって、心の強さを手に入れることもできるはずです。

一茶の句は記憶しやすいものが多いので、自分が気に入った句をいくつか覚えておくと、それが折に触れて自分を支える力となってくれます。たとえば雪が降ったら「む《う》まそうな　雪がふうは《わ》り　ふは《わ》り哉」、蛍を見たら「わんぱくや　縛《しばら》れながら　よぶ蛍」、ホトトギスの鳴き声を聞けば「どこを押せば　そんな音が出ル　時鳥」といった句をふっと思い浮かべると、生活のさまざまな場面で一茶が自分を励ましてくれるように感じられるでしょう。一茶の句を覚えることで、一茶とともに生きることができるわけです。

皆さんも自分の感覚にあった覚えやすい句を自分のものにして、「マイ一茶」として座右の句にしていただきたいと思います。そうやって、心に一茶を住まわせてください。

一茶の句は、現代の私たちでも、すっと覚えて、つい口ずさんでしまいます。それだけの普遍性、共感性を持っているということです。時代を超えていろんな人に共感される、そういう心のあり方は一茶から私たちへの贈り物です。

普通では耐えきれないほどの大変な人生を生きた人が、こんなにおかしくて軽くて深みのある句を作ったのです。その一つひとつの句を味わうことによって、私たちは一茶の軽みのある精神力、胆力というものを自然と継承できるのではないかと思います。

ここで一つ、ご提案。一茶の名にちなみ、一杯の茶を飲みながら、一茶の句を音読・暗誦して、一服するなどしてみては。つらい時心にいつも小林一茶、とつぶやくも、今日もまた上々吉と自らに言い聞かせるも良し。

一茶からの贈り物をしっかり受け取って、私たちも心軽やかに生きていきたいものです。

令和五年五月

齋藤 孝

主要参考文献

『一茶全集』第一巻　丸山一彦、小林計一郎、宮脇昌三、矢羽勝幸・校注　信濃教育会・編（信濃毎日新聞社）
『新訂　一茶俳句集』丸山一彦・校注（岩波書店）
『父の終焉日記・おらが春　他一篇』小林　一茶・著　矢羽　勝幸・校注（岩波文庫）
『一茶句集』金子兜太・著（岩波書店）
『一茶句集』玉城司・訳注（KADOKAWA）
『ビギナーズ・クラシックス　日本の古典　小林一茶』大谷弘至・編（KADOKAWA）
『一茶秀句〈新版〉日本秀句3』加藤楸邨・著（春秋社）
『ひねくれ一茶』田辺聖子・著（講談社）
『英訳一茶100句集』鈴木鎮一・選／宮坂勝之、宮坂シェリー、柳沢京子・訳（ほおずき書籍）
『夜這いの民俗学』赤松啓介・著（明石書店）
『写真句行　一茶生きもの句帖』小林一茶・句／高橋順子・編／岡本良治・写真（小学館文庫）

〈著者紹介〉

齋藤孝——さいとう・たかし

昭和35年静岡県生まれ。東京大学法学部卒業。同大学教育学研究科博士課程を経て、現在明治大学文学部教授。専門は教育学、身体論、コミュニケーション技法。『楽しみながら1分で脳を鍛える速音読』『国語の力がグングン伸びる1分間速音読ドリル』『『齋藤孝のこくご教科書 小学1年生』『齋藤孝の小学国語教科書 全学年・決定版』『子どもと声に出して読みたい「実語教」』『子どもと声に出して読みたい「童子教」』(いずれも致知出版社)など著書多数。NHK Eテレ『にほんごであそぼ』総合指導。コミュニケーションセミナー等を随時開催(予告はtwitter等)。

心を軽やかにする 小林一茶名句百選

令和五年六月三十日第一刷発行

著　者　齋藤　孝

発行者　藤尾　秀昭

発行所　致知出版社

〒150-0001 東京都渋谷区神宮前四の二十四の九

TEL（〇三）三七九六—二一一一

印刷・製本　中央精版印刷

落丁・乱丁はお取替え致します。　（検印廃止）

ISBN978-4-8009-1283-1 C0095

ホームページ　https://www.chichi.co.jp

Eメール　books@chichi.co.jp

JASRAC　出　2304277-301

装幀——秦　浩司

本文デザイン——フロッグキングスタジオ

編集協力——柏木孝之